क़िस्से में क़िस्सा

With the support of

teda

the "Directions of the Ministry of Culture and Tourism Subvention Project for Dissemination of Turkish Cultural, Artistic and Literary Works into Foreign Languages (TEDA)"

Translation and Publication Grant Programme of Türkiye

क़िस्से में क़िस्सा

ISBN : 978-81-19745-79-1

प्रकाशक

अनबाउंड स्क्रिप्ट

बी–10, सेवेन वंडर्स बिजनेस सेंटर,

प्लॉट नं. जी–20 बेसमेंट, प्रीत विहार,

नई दिल्ली–110092

वेबसाइट : **www.unboundscript.com**

ई–मेलः **books@unboundscript.com**

Qisse men Qissa by Ahmet Umit

Tranlated by Rachna Bhola 'Yamini'

मूल्य :रू 249/-

Printed in India

क़िस्से में क़िस्सा

अहमद उमेद

अनुवाद व रूपांतरण

रचना भोला 'यामिनी'

अनबाउंड स्क्रिप्ट

अनुक्रम

इस क़िताब की कहानियाँ मैंने अपनी अम्मी से सुनी थीं। मेरी अम्मी ने साठ साल पहले इन किस्सों को एक क़िस्सा गो से सुना था। ऐसा लगता है कि मेरे नाना ने कभी अपनी नन्ही बच्ची का दिल बहलाने के लिए क़िस्सा गो को पैसे देने में कमी नहीं की होगी। अम्मी ने बहुत से क़िस्से सुने थे, हालांकि उन्हें याद बहुत कम थे। और उन्होंने मुझे जितने सुनाए, उन्हें भी मैं ज़्यादातर भूल चुका हूँ। सच कहूँ तो लंबे अरसे तक इस क़िताब में दिये क़िस्से भी दिमाग से उतर गये थे।

बरसों बाद, मैं एंटेप में अब्बा के पास गया तो अम्मी ने यही क़िस्से फिर से दोहराए। मैं इन कहानियों की ख़ूबसूरती पर फ़िदा हो गया। अम्मी कमाल की क़िस्सा गो थीं पर मैं उनके इस कमाल पर ही फ़िदा नहीं हुआ था। इन किस्सों की खूबसूरती का राज़ इनमें छिपे साहित्य और गहरे संदेश में है। इंसान की बुनियादी फ़ितरत बख़ूबी सामने आ रही थी, इससे अप्रभावित कौन रह सकता था!

इन किस्सों को दोबारा सुनने के बाद मुझे लगा कि इन्हें लिखा जाना चाहिए। मुझे डर था कि जिस दुनिया में चारों और नज़ारों को ही पूछा जाता हो, वहाँ सदियों से कहे-सुने जाने वाले इन क़िस्सों का गुम हो जाना कोई बड़ी बात न थी। तो मैंने इन किस्सों की रूह बरार रखते हुए, हल्का सा फेर-बदल किया और इन्हें कागज़ पर बिखेर दिया।

उम्मीद करता हूँ कि इन किस्सों को सुनने में जितना लुत्फ़ आता था, वही इन्हें पढ़ने में भी आएगा। हर क़िस्सा गो और उसे सुनने वाला अपनी ओर से कुछ घटाते या बढ़ाते हुए सुंदरता को निखारता है या घटा देता है।

अम्मी इतनी कमाल की क़िस्सा गो हैं कि मैं उनके सपनों की भरपूर दुनिया से निकले इन किस्सों को लिखने के लिए बेताब हो उठा और अब ये आपके सामने हैं।

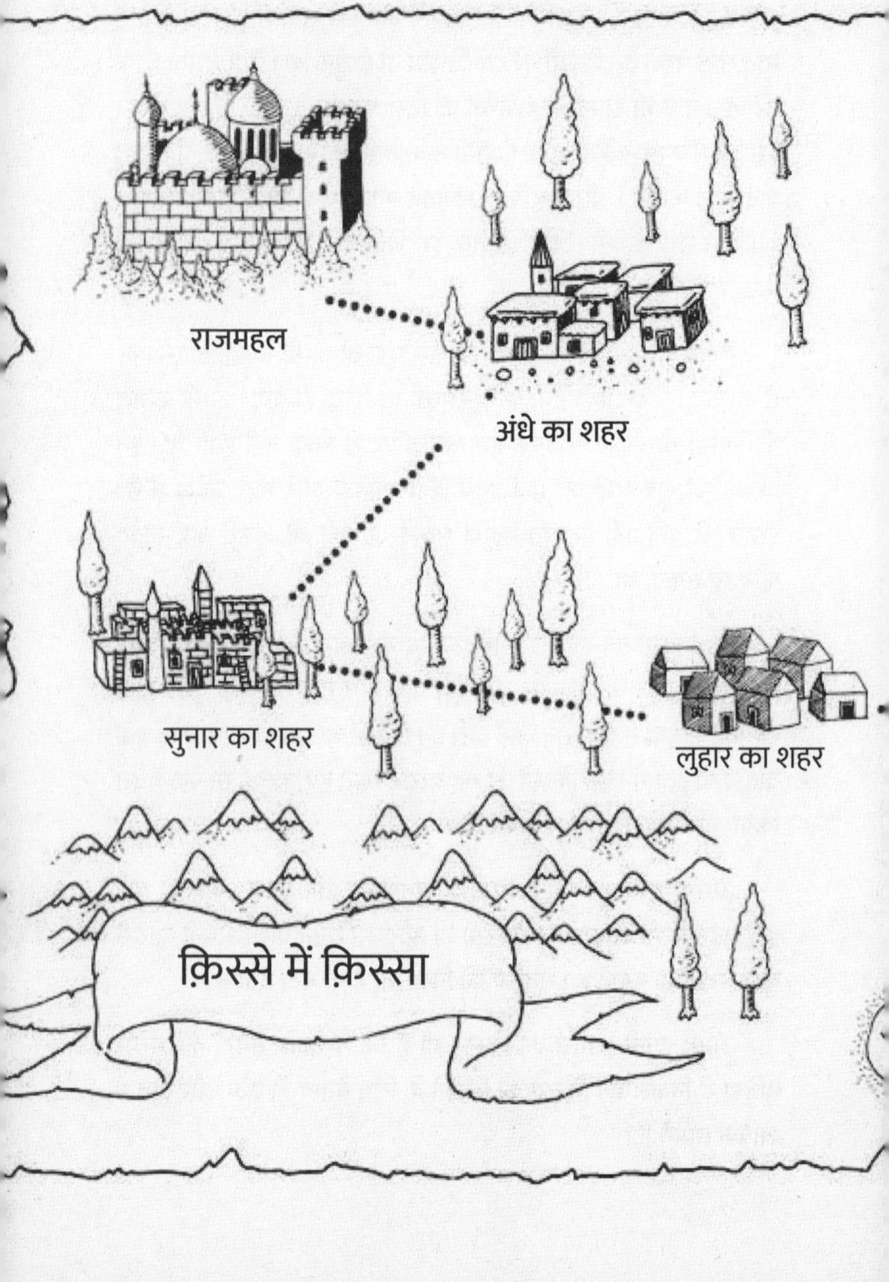
राजमहल
अंधे का शहर
सुनार का शहर
लुहार का शहर
क़िस्से में क़िस्सा

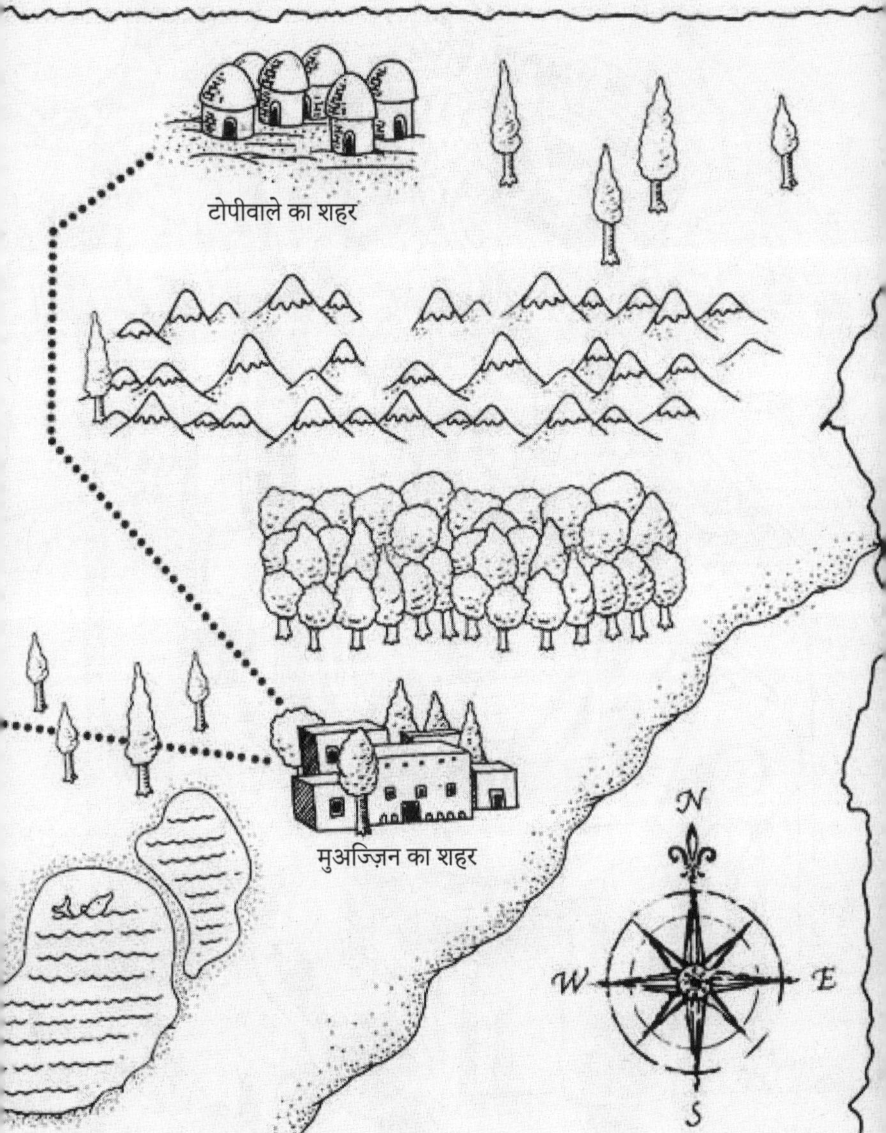
टोपीवाले का शहर
मुअज़्ज़िन का शहर
N
W
E
S

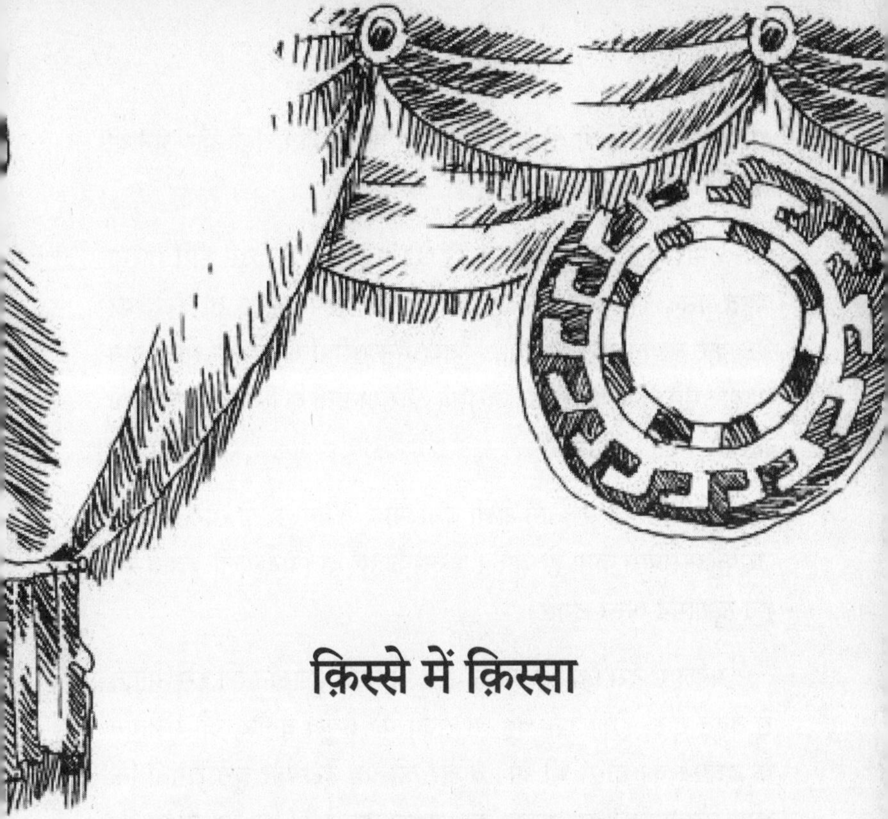

क़िस्से में क़िस्सा

किसी समय की बात है। गप्पी सूखी घास के ढेर पर आराम करता, जिन्न पुराने हमाम में आपस में गुत्थम-गुत्था होते; वहाँ चमचमाता आसमान, जगमगाता समंदर और उपजाऊ खेत थे भी या फिर नहीं! इन पर एक नौजवान सुलतान राज करता था। कोई ऐसा-वैसा सुलतान नहीं, हमारा सुलतान दूसरे सुलतानों जैसा नहीं था। वह हमेशा ख़ुशहाल दिखता और जंग में ज़रा भी दिलचस्पी नहीं रखता था। उसे बस अपने लोगों की ख़ुशहाली से मतलब था और वह अपने देश की बेहतरी के लिए कड़ी मेहनत करता। लोग सुलतान को बेहद चाहते थे और उसकी भलाई की दुआएँ माँगते थे। यह भी सच था कि वह उनके प्यार का असली हक़दार था। उसे अपने लोगों पर देश के ख़ज़ाने लुटाने में ज़रा

भी हिचक नहीं होती थी और वह मौका मिलते ही गरीबों और अनाथों की भी मदद किया करता।

हमारे सुलतान में बस एक ही छोटीसी कमी थी, उसे डींगें मारना बहुत पसंद था। जब भी वह कोई अच्छा काम करता, तो तख़्त पर बैठ कर बखान करने लगता, "आज मैंने गरीबों को इतना सोना दान किया। मैंने भूखों को खाना खिलाया और अनाथों के लिए यह सब काम करवाए।"

और जैसे ही सुलतान शेखी़ बघारना शुरू करता, तो सारे चापलूस उसके आसपास जमा हो जाते। वे उसकी हर बात पर ताली बजाते हुए हद ख़ुशामद करने लगते।

महल में बस एक ही इंसान ऐसा था जिसे सुलतान की इस आदत से बहुत दुःख होता था- वह था राज्य का प्रमुख वज़ीर, जो सुलतान के बचपन का दोस्त भी था। वज़ीर को यह देख कर बुरा लगता कि लोग सुलतान की इस आदत का फ़ायदा उठाते हैं। वह चाहता था कि सुलतान किसी तरह डींगें हाँकना बंद कर दे, पर उसे नहीं पता था कि सुलतान को झूठी तारीफ़ों के पुल पर झूलने से कैसे रोका जाए।

एक दिन सुलतान ने बहुत सारे नेक काम किए और फिर दरबार में तख़्त पर बैठ गया। सुलतान के पास बैठा वज़ीर बड़े सब्र से सुलतान के डींग मारने का इंतज़ार कर रहा था। सुलतान ने अपने चेहरे पर थकान भरी मुस्कान दी। यह मुस्कान पाते ही सारे चापलूस उसके आसपास इस तरह जमा हो गए जैसे मक्खियाँ शहद के पास जमा हो जाती हैं। सुलतान ने एक-एक कर दिन के सारे नेक काम गिनाने चालू किए। वह बार-बार उनकी गिनती कर रहा था। ज़ल्द ही उसका एक चापलूस

दरबारी बोला, "हुज़ूर, इस दुनिया में कोई भी आप जैसा नेक और दिलदार न होगा। लोग आपके एहसान कभी नहीं चुका पाएँगे।"

सुलतान इन मीठी बातों में मग्न हो गया और चापलूस को बड़े ही फ़ख्र से देख कर बोला, "क्या तुम्हें ऐसा लगता है? क्या सच दुनिया में मुझसे बेहतर और दिलदार कोई और न होगा?"

यह सुन कर वज़ीर ने तुरंत दख़ल दिया और चापलूस के ज़वाब देने से पहले बोला, "मेरे बादशाह, माफ़ करें, पर असल में आपसे भी बड़े दरियादिल और बेहतर लोग दुनिया में हैं।"

सुलतान ने यह सुना तो उसका चेहरा स्याह हो गया। उसकी मोटी भवें सिकुड़ीं और बादामी रंग की आँखों में बिजली-सी कौंध गई। सामने खड़े दरबारियों ने मारे डर के सिर झुका लिए। बस वज़ीर ही निष्कंप खड़ा रहा और सुलतान की आँखों में देखता रहा।

"वज़ीर!" सुलतान गरजा, "क्या तुम्हें पता भी है कि तुम क्या कह रहे हो?"

वज़ीर ने सिर झुका लिया, "आपने पूछा और मैंने ज़वाब दिया, मेरे बादशाह।" वह बोला।

"कोई और होता तो अब तक उसका सिर धड़ से अलग होता। पर तुम्हें पता है कि मैं तुमसे लगाव रखता हूँ तो बताओ, तुमने ऐसा क्यों कहा?"

"हुज़ूर, मैं आपकी और आपकी रियाया की बेहतरी चाहता हूँ। पर झूठ नहीं बोल सकता। हमारे पड़ोसी मुल्क में एक अंधा आदमी रहता है

जो आपसे ज़्यादा दयालु है। जो भी उसकी गर्दन थपथपाता है, वह उसे सोने से भरी थैली देता है ...।"

"जो भी उसकी गर्दन थपथपाता है?"

"जी, जो भी उसकी गर्दन थपथपाता है। हर सुबह, यह आदमी अपनी कमीज़ सिर के ऊपर करके शहर के चौराहे पर बैठ जाता है। जो भी उसकी गर्दन थपथपाता है। वह उसे सोने के सिक्कों से भरी छोटी-सी थैली निकाल कर दे देता है।"

सुलतान ने शक्की निगाहों से वज़ीर को देखा, "सुनने में तो नामुमकिन सा लगता है। बेहतर यही होगा कि तुम सोच समझकर बोलो।"

"हुज़ूर! इसमें शक़ की क्या बात है। यह आदमी बस एक दिन की दूरी पर रहता है। चलिए हम दोनों वेष बदलकर चलते हैं। आप अपनी आँखों से देख लेना कि वहाँ क्या चल रहा है।"

सुलतान ने कहा, "अच्छा, क्या सच में ऐसा हो सकता है?"

इससे पहले कि चापलूस बीच में टाँग अड़ाते, वज़ीर ज़वाब देने को तैयार था, "क्यों नहीं? वह बोला। इस तरह आपको अपने मुल्क और लोगों से मिलने का भी मौका मिलेगा।"

सुलतान के चेहरे पर छाए बादल छितरा गए और वह मुस्कुरा कर बोला, "ठीक है, पर इतना जान लो, अगर तुम्हारी बात सच न निकली तो तुम्हें उसी समय वज़ीर के ओहदे से हटा दिया जाएगा।"

"जैसा आपको ठीक लगे," वज़ीर बोला।

जाने की तैयारियाँ शुरू कर दी गईं और अगले ही दिन सुलतान और वज़ीर ने व्यापारियों का भेष बनाया और ज़रूरत का पैसा पास रख कर, सफ़र पर निकल पड़े।

वे सारा दिन और सारी रात चलते हुए, अगली सुबह उस शहर में पहुँचे, जहाँ वह अंधा इंसान रहता था। जब वे शहर के चौराहे पर आए तो उन्हें सांप जैसी सरसराती लंबी क़तार दिखी। जब वे क़तार के आगे वाले हिस्से में आए, तो उन्होंने वही देखा जो वज़ीर ने बताया था। एक अंधा आदमी ज़मीन पर चौकड़ी लगाए बैठा था और उसकी गर्दन का पिछला हिस्सा चुकंदर की तरह लाल हो गया था। उन्हें इसका कारण समझने में ज़रा भी वक़्त नहीं लगा। क़तार में खड़ा आदमी आगे आया और अंधे आदमी की गर्दन के पिछले हिस्से पर ज़ोर से धौल जमाया। अंधा आदमी आगे की ओर झुक गया। हालांकि हैरानी की बात यह थी कि उसे तो दर्द महसूस होना चाहिए था पर उसे देख कर लगा कि जैसे मार खाकर उसे बड़ा चैन आया हो। उसने दोहरे होते हुए कहा, 'अब हुआ इंसाफ़'। फिर उसने पास रखे थैले से, सोने के सिक्कों भरी छोटी-सी थैली निकाली और मारने वाले आदमी को दे दी। सुलतान का मुँह खुला का खुला रह गया। वज़ीर को इस बात पर फ़ख्र हुआ कि उसकी बात सच निकली, वह मूँछों ही मूँछों में मुस्कुराता रहा। फिर वे दोनों एक कोने में आ खड़े हुए और अंधे आदमी को घंटों देखते रहे। जब सूरज डूबा तो भीड़ छितराने लगी और अंधे आदमी ने अपना सामान समेटा। उसने अपना थैला कंधे पर लादा और लाठी लिए जाने को तैयार हो गया।

सुलतान और वज़ीर किसी तरह भीड़ में जगह बनाते हुए उसके पास पहुँचे, "क्या हम आपसे कुछ पूछ सकते हैं?" वज़ीर ने पूछा।

अंधा आदमी एकाएक चौंक गया,"क्या बात है?" उसने आवाज़ की दिशा में मुड़ते हुए कहा।

"क्यों?" सुलतान ने सवाल पर एक और सवाल दागा, "तुम हर मारने वाले को सोने के सिक्कों से भरी थैली क्यों देते हो?"

दूसरी आवाज़ सुनते ही अंधा आदमी जान गया कि उसके सामने दो लोग खड़े थे और उसे चिंता होने लगी।

"कौन हो तुम लोग?"उसने पूछा।

"बस मुसाफ़िर हैं," सुलतान ने कहा, उसकी आवाज़ मुलायम हो गई थी, "हमने दूर-दूर तक तुम्हारा नाम सुना है। तुम्हारे बारे में जानना चाहते थे इसलिए इतनी दूर तक आए हैं। मेहरबानी करके, हमारे सवाल का ज़वाब दो।"

"ठीक है," अंधे आदमी ने एक पल के लिए सोच कर कहा, "मैं अपनी कहानी कहूँगा। लेकिन हर क़िस्से की अपनी क़ीमत होती है। अगर तुम वह क़ीमत देने को तैयार हो तो मैं तुम्हारी जानने की ख़्वाहिश पूरी करूँगा।"

"बताओ, बताओ तुम्हें कितनी दौलत चाहिए, मैं वह सब दूँगा।" सुलतान ने कहा।

"हर क़ीमत सिक्के में अदा नहीं होती," अंधे आदमी ने कहा, "मुझे कोई पैसा नहीं चाहिए।"

वज़ीर चकरा कर बोला, "तो फिर तुम क्या चाहते हो?"

"मैं जो चाहता हूँ, वह बिल्कुल आसान और सादा है। इस जगह से दो दिन की दूरी पर एक शहर है। उस शहर में एक बहुत ही हुनरमंद सुनार रहता है। और बाज़ार वाले दिन सारे सुनार उसके इंतज़ार में रहते थे। ज़्यों ही वह बाज़ार में आता तो वे उसे घेर लेते। एक दिन उसने अपने थैले से मुर्गी के अंडे जितना बड़ा सोने का टुकड़ा निकाला। आज तक किसी ने इतना बड़ा सोने का टुकड़ा, न तो देखा और न ही सुना। उसे देखने वालों की आँखें चमक से चौंधिया गईं और लोग दम साधे खड़े रहे। जिनके पास पैसा था, वे उसे खरीदने के लिए आपस में धक्का-मुक्की करने लगे, वे अपनी ओर से बेहतर से बेहतर बोली लगाना चाहते थे। दाम बढ़ते जा रहे थे। बोली कई घंटों तक चलती रही। पर फिर, आख़िरी घड़ी पर, सुनार ने अपना मन बदल दिया। उसने अपने थैले से बड़ी सी ओखल और मूसल निकाली और अंडे को पीस-पीस कर चूरा बना दिया। फिर उसने उस चूरे को हाथ पर डाल कर व्यापारियों की ओर उड़ा दिया। सारी भीड़ अकबका गई और सबसे बड़ी बोली लगाने वाला वहीं ढेर हो गया।

"ज़मीन पर ढेर हो गया, पर क्यों?" सुलतान सकते में आ गया, "पर क्यों?"

"यही तो मुझे जानना है। अगर आप सुनार के इस राज़ पर रोशनी डाल सकें तो मैं आपको अपनी कहानी सुना दूँगा।" वह बोला।

अब तो सुलतान की पूरी दिलचस्पी सुनार की कहानी में थी। सुलतान और वज़ीर ने बिना सोचे-समझे झट से हामी भर दी। वे उस रात अंधे आदमी के घर मेहमान बने, उन्होंने सुबह होने तक आराम किया और फिर सुनार की ख़ोज में निकल पड़े।

उन्होंने पहाड़ों और मैदानों को पार करते हुए, पूरे दो दिन और एक रात का सफ़र किया ... और दूसरे दिन, वे लोग सुनार के शहर में पहुँचे।

सुलतान और वज़ीर ने समय बर्बाद न करते हुए बाज़ार की राह ली। बाज़ार में लोगों की भारी भीड़ जुटी थी। वे लोग आसानी से उनमें घुल-मिल गए। अंगूरों से ले कर सेबों तक, अखरोट से ले कर खुमानियों तक तरह-तरह की खाने की चीज़ों के अंबार सजे हुए थे। रेशम, रंगीन साटन कपड़े, कढ़ाई की हुई दरियाँ और काली-सफ़ेद ऊन से बुने कालीन। सुलतान और वज़ीर उन्हें चीरते हुए आगे गए तो बाज़ार को पिछले हिस्से में लोगों की भीड़ दिखाई दी। वे उसी दिशा में चल पड़े। उन्होंने देखा कि भीड़ में खड़ा एक आदमी चिल्ला रहा था। 'नीलामी होती है चालू- एक-दो...!'

"यह वही आदमी होगा, जिसे हम खोज रहे हैं," सुलतान ने हौले से कहा।

उन्होंने अपने लिए भीड़ में जगह बनाई। नौजवान, बूढ़े, अमीर और गरीब; भीड़ में सबकी आँखें सूरज की रोशनी में चमकते सोने के अंडे पर टिकी थीं। ज्यों ही वह आदमी चिल्लाया, 'नीलामी होती है चालू, एक-दो...!' जो लोग सोना खरीदना चाहते थे, वे बोली लगाने लगे। वह सुनहरा अंडा एक अच्छे खाते-पीते नौजवान के हाथ आया। बोली जीतने वाला सुनार के पास जानी-पहचानी सी मुस्कान लिए बढ़ा पर सुनार ने उसकी ओर ध्यान नहीं दिया और बेलाग सा खड़ा रहा। उस आदमी ने अपनी जेब में हाथ डाल कर थैली निकाली। उसने सुनार को वह थैली दे दी। सुनार ने जैसे ही उस थैली को और उस आदमाी को देखा, उसकी आँखों में हिराकत उभर आई। उसके हाथ में पकड़ी थैली

हवा में झूलती रह गई। भीड़ उन्हें बिना पलक झपकाए ताक रही थी। आख़िर में, सुनार ने उस थैली को परे करते हुए एलान किया, "यह अंडा तेरे जैसे हरामी की दौलत से नहीं खरीदा जा सकता।"

उस आदमी का चेहरा लाल हो गया और उसने सिर झुका लिया। सुनार ने सबके सामने अपने थैले से मूसल और ओखल निकाले और देखते ही देखते सोने के अंडे को लोहे के मूसल से कूट दिया। अंडा चूर-चूर हो रहा था। वह आदमी बोला, "मेहरबानी करके ऐसा मत करो। चाहे और पैसे ले लो।"

पर उसकी सुनने वाला कौन था? सुनार सोने के अंडे को पीसता रहा। सुनार के हाथ से अंडा पिस रहा था और उस आदमी का चेहरा पीला पड़ रहा था, उसकी सांसें मंद होती जा रही थीं। पर सुनार ने अपनी पूरी ताकत से तब तक अपना काम जारी रखा जब तक अंडा पूरी तरह चूरा नहीं बन गया। भीड़ चुप खड़ी देख रही थी। सुनार अपना काम करके उठा। उसने मूसल उठा कर सबको दिखाया। फिर उसने सारा चूरा अपने हाथ पर पलट लिया और एक मिनट के लिए रुका, उस आदमी को तिरस्कार से देखा, जो अब भी सोने के चूरे को लालची निगाहों से घूर रहा था और मारे सदमे के थर-थर कांप रहा था। सुनार के मन में दया नहीं आई। उसने अपना सिर उठाया और धूल को हवा में उड़ा दिया। भीड़ में उस चूरे को पाने के लिए धक्का-मुक्की होने लगी, जो आदमी सोने का अंडा पाना चाहता था। उसने अपने दिल पर हाथ रखा और वहीं ज़मीन पर ढेर हो गया। जब सोने का चूरा उड़ने के बाद बिछ गया तो लोग उस लालची आदमी को ज़मीन पर गिरा देख सकते थे। कुछ व्यापारी उसकी मदद करने आगे आए। उसे उठाया और उसके घर ले गए।

फिर सुनार ने अपना सामान ऐसे समेटा जैसे कुछ हुआ ही न हो और वह वापिस चल दिया। सुलतान और वज़ीर तेज़ी से उसके पीछे लपके। उन्होंने आगे जा कर सुनार को रोक लिया।

"हम आपसे बात करना चाहते थे।" सुलतान ने भारी आवाज़ में कहा।

सुनार ने उन्हें हैरानी से देखा। "पर मैं तो तुम्हें नहीं जानता।"

"हम तुम्हें जानते हैं," सुलतान ने कहा, "कुछ देर पहले ही तुमने एक आदमी को घुटनों के बल आने पर मज़बूर कर दिया था।"

सुनार ने कड़वाहट से भरी मुस्कान दी। "आपने अच्छी तरह नहीं देखा, उसे मैंने नहीं, उसके लालच और हवस ने घुटनों पर ला खड़ा किया था।"

"अगर आप उसे वह अंडा बेच देते तो क्या फ़र्क पड़ जाता?" वज़ीर बीच में बोला।

"बेहतर होगा कि जिन बातों का पता न हो, उनके बारे में चुप रहा जाए," सुनार ने कहा।

"तब तो आपको हमें बताना चाहिए कि ये सब क्या झमेला है," सुलतान ने अपनी बात पर वापिस आते हुए कहा।

सुनार ने उन्हें नीचे से ऊपर तक देखा। "मैं बता दूँगा पर", वह आगे बोला, "मेरी एक शर्त है जिसे पहले पूरा करना होगा।"

"जो भी शर्त हो, हमें आपकी शर्त मंज़ूर है," वज़ीर बोला।

"मैं जो काम तुमसे करवाना चाहता हूँ, वह बड़ा ही आसान है। सुनार उन्हें समझाने लगा। इस जगह से तीन दिन की दूरी पर एक शहर है। उस शहर में एक लोहे का सामान बेचने वाला दुकानदार रहता है। वह बड़ा ही हुनरमंद कारीगर है। किसी सुनार की तरह बारीकी से काम करना जानता है। वह लोहे और कच्ची धातुओं से ऐसे सुंदर गुलाब और लाल फूल गढ़ता है कि आप उनकी पत्तियों को कांपते देख सकते हैं, उनकी खुशबू महसूस कर सकते हैं। उसके बनाए दरवाज़े और खिड़कियाँ देख लेंगे तो कदम उठाना भूल जाएँगे। ऐसा हो ही नहीं सकता कि आप उसके पास से ऐसे ही निकल जाएँ। उसके हाथ की क़ारीगरी देख कर टकटकी बँध जाती है। पर इस क़ारीगर के साथ कुछ अजीब हो गया है। वह अचानक ही सुन्न सा हो गया है। उसे अपना हुनर याद नहीं रहा...अभी कुछ समय पहले तक तो घोड़े की नाल भी इतने कमाल की बनाया करता था।"

"क्यों? क्या अब वह काम नहीं करना चाहता?" वज़ीर ने पूछा।

"नहीं, ये बात नहीं है," सुनार बोला, "इसके उलट, बेचारा काम करने को बेताब रहता है। रोज़ सुबह ज़ल्दी दुकान खोलता है, अपने काम करने वाले कपड़े बदलता है, भट्टी जलाता है और लोहे को तब तक आग पर रखता है जब तक वह अनार की तरह लाल नहीं हो जाता। वह गर्म लोहे पर चोट करने के लिए अपने उसी हथौड़े को उठाता है, जिसे बरसों से इस्तेमाल करता आ रहा है। पर ज्यों ही वह वार करने लगता है, उसकी नज़रें अपने सामने की दीवार पर पड़ती हैं और वह वहीं जड़ हो जाता है, लाल गर्म लोहा बाएँ हाथ में और हथौड़ा दाएँ हाथ में ही रह जाता है। फिर वह लोहा और हथौड़ा फेंक कर भागने लगता है। वह खुद को उस दीवार से ऐसे भिड़ा देता है मानो वह दीवार नहीं बल्कि खुली

जगह हो। और बेशक दीवार से बुरी तरह से टकराते ही, वह ज़मीन पर लहूलुहान होकर गिर जाता है। मैं उसकी यह कहानी सुनकर दंग हूँ। अगर इस आदमी की कहानी का राज़ मालूम कर सको तो, तब मैं अपनी कहानी भी सुना दूँगा।"

सुलतान और वज़ीर ने एक-दूसरे को देखा और हामी भरी।

"ठीक है," सुलतान ने कहा, "हम तुम्हारे लिए लोहे के क़ारीगर की सारी कहानी जान कर आते हैं।"

सच कहें तो सुलतान और वज़ीर को अपने सामने आने वाली इन अड़चनों से कोई परेशानी नहीं हो रही थी। महल के जीवन की एकरसता के बाद, यह रोमांच हर पल और भी ज़बरदस्त होता जा रहा था।

उस रात वे लोग सुनार के मेहमान बने और अगले दिन सुबह होते ही निकल पड़े। वे तीन दिन और तीन रातों तक चलते रहे और तीसरे दिन सुबह लोहे का काम करने वाले लुहार के पास पहुँचे। उन्होंने शहर में कदम रखते ही सबसे पहले पेट-पूजा की। वे जिस सराय में खाना खा रहे थे, वहीं से लुहार के बारे में पूछताछ की तो मालिक झट से समझ गया कि वे किसकी बात कर रहे थे। "अगर आप उसे कोई काम देना चाहते हैं तो मैं ऐसा करने की सलाह नहीं दूँगा। बेचारा कोई काम करने के लायक नहीं रहा," वह बोला।

जब उन्होंने बताया कि वे कोई काम करवाने नहीं आए थे तो सराय के मालिक ने लुहार की दुकान का पता बता दिया।

सुलतान और वज़ीर ठीक उसी जगह पहुँचे जो उन्हें बताई गई थी। जब वे दोनों उस जगह गए तो वह ठीक वही समय था, जब लुहार हाथ

में हथौड़ा लिए गर्म लोहे पर चोट करने ही वाला था। वे दोनों टकटकी लगाए वहीं खड़े हो गए ताकि आगे का नज़ारा देख सकें। लुहार ने बड़ी खुशी से हथौड़ा उठाया पर ज्यों ही वह नीचे की ओर आने लगा, तो उसकी नज़रें सामने वाली दीवार पर चली गईं, बेचारा ऐसे जम गया मानो किसी का साया पड़ गया हो। सुलताान और वज़ीर ने भी उस ओर देखा, पर उन्हें तो गंदी दीवार के सिवा कुछ नहीं दिखा। उसी समय लुहार की आँखों की चमक तेज़ से तेज़तर होती चली गई, फिर उसने अचानक अपना हथौड़ा दन्न से पटका और दीवार की ओर भागने लगा। वह भागता रहा और तब तक भागता रहा, जब तक वह पूरी तेज़ी से दीवार से टकरा नहीं गया।

सुलतान और वज़ीर उसके दर्द की सोच कर तिलमिला कर उसके पास भागे, जो अब खून से लथपथ ज़मीन पर पड़ा था। उन्होंने उसके माथे पर पट्टी बांधी और चेहरे पर पानी छिड़का।

"कौन हो तुम?" लुहार आँखें खोलते ही उन्हें देख कर सदमा सा खा गया

"इससे क्या फ़र्क पड़ता है?" सुलतान ने कहा, "हमने तुम्हें इस जगह दर्द से बेहाल और खून से लथपथ देखा तो मदद करने आ गये।"

लुहार ने उन्हें शुक्रिया अदा किया।

"हम तो अपना काम कर रहे थे," सुलतान ने कहा, "पर तुम सच में हमें शुक्रिया कहना चाहते हो तो ये बताओ कि इस बात का राज़ क्या है कि तुम जो भी कर रहे हो, उसे भूल जाते हो और पागलों की तरह दीवार की ओर भागते हो? हमें इसके बारे में बताओ?"

लुहार गहरी साँस भर कर बोला। "मेरे ज़ख़्मों पर नमक मत छिड़को। अगर मैंने बता भी दिया तो क्या तुम यकीन करोगे? तुम मुझ पर हँसोगे और पीठ पीछे मज़ाक उड़ाओगे।"

"आखिर हम तुम्हारा यकीन क्यों नहीं करेंगे?" सुलतान ने कहा, "ज़ल्दी से बताओ।"

"अगर जानना ही चाहते हो," वह आगे बोला, "तो मैं बता दूँगा। पर पहले मेरा एक छोटा सा काम करना होगा।"

"बोलो, क्या करना है," सुलतान ने कहा, "अगर हम उसे कर सकेंगे तो ज़रूर करेंगे।"

"चिंता मत करो। मेरा तो छोटा-सा काम है। इस जगह से चार दिन की दूरी पर एक शहर है। उसमें मस्जिद में अजान देने वाला एक मुअज़्ज़िन रहता है। वह इतना नेक और भला इंसान है कि सभी उसका बहुत सम्मान करते हैं, बच्चे और बूढ़े उसे दिल से चाहते हैं। पर जाने कैसे इस खुशदिल इंसान को कुछ हो गया। इसने अजान देना बंद कर दिया और दोपहर की नमाज़ की अजान देने ही जाता है। जब मस्जिद में जाता है तो इसकी नज़रें मीनार पर लगी रहती हैं। ऐसा लगता है मानो वह उस जगह किसी को खोज रहा है। फिर अचानक ही लगता है कि उसकी खोज पूरी हो गई, वह बड़ी खुशी से मीनार की ओर भागते हुए सीढ़ियों से ऊपर चला जाता है। हमें नहीं पता कि अंदर क्या है क्योंकि कोई उसके पीछे नहीं जाता। पर इसके थोड़ी ही देर बाद वह बुरी तरह से बिखर कर वापिस आ जाता है। चेहरे की रौनक और उमंग गायब हो जाती है। वह पैर घसीटते हुए घर की ओर वापिस चल देता है जैसे उस एक ही पल में बूढ़ा हो गया हो।

"तो देखा तुमने? इस आदमी के राज़ को जानना है। अगर तुम इसे सुलझा सको और मेरे सवाल का ज़वाब ला सको तो मैं बदले में अपनी कहानी सुना दूँगा," लुहार बोला।

सुलतान ने वज़ीर को शरारती सी मुस्कान दी मानो पूछ रहे हों कि यह सब कहाँ जा कर ख़त्म होगा।

वज़ीर मुस्कुराया और लाचारगी से कंधे झटक कर कहा, "सुलतान, यह तो पता नहीं। पर सच कहूँ तो मैं नाराज़ नहीं।"

लुहार को कुछ समझ नहीं आया और उसने अपनी बात आगे बढ़ाई, "तो तुम लोग तैयार हो?"

"हम तैयार हैं," सुलतान ने कहा, "तुम्हारी कहानी जानने के लिए हम मुअज़्ज़िन की कहानी जान कर आते हैं।"

अगले ही दिन वे फिर से सफ़र पर रवाना हो गए। उन्होंने चार दिन और चार रात का सफ़र किया। चौथी रात की अगली सुबह, थकान से चूर हो कर मुअज़्ज़िन के शहर में पहुँचे।

दोपहर की नमाज़ तक वे खा-पी कर आराम कर चुके थे और अब मस्जिद के सामने खड़े थे। वे वहीं एक कहवाघर के बाहर बाग में बैठे और अपने लिए हुक्के मँगवा लिए पर जल्द ही उन्हें हुक्के छोड़ने पड़े क्योंकि वे जिसके इंतज़ार में थे, वह सड़क के दूसरी ओर दिखाई देने लगा। उन्होंने उसे पहचान लिया क्योंकि उसकी आँखें एकटक मीनार को ही देख रही थीं। मुअज़्ज़िन लंबा और सांवला-सा नौजवान था। वह धीरे-धीरे चलते हुए मीनार को देखता आ रहा था। सुलतान और वज़ीर ने उसकी नज़र का पीछा किया तो उन्हें आकाश में उठी हुई, पत्थरों

से बनी पुरानी मीनार के सिवा कुछ न दिखा। हालांकि मुअज़्ज़िन को शायद कुछ ऐसा दिखा जो बेहद दिलचस्प था। वह बड़ी उमंग से आगे जाने लगा। देखते ही देखते ही वह मस्जिद के दरवाज़े पर पहुँचा और अंदर चला गया।

ठीक वही हो रहा था जैसा लुहार ने बताया था। सुलतान और वज़ीर मीनार के छज्जे पर देख रहे थे पर वह आदमी दिखाई नहीं दिया। वे बड़े ही सब्र से इंतज़ार करने लगे। कुछ ही देर में मुअज़्ज़िन दरवाज़े पर दिखा, चेहरे से पहले वाली उमंग गायब थी। वह उनके पास से निकला, चेहरा मुरझाया हुआ था और कंधे ढुलक गए थे। सुलतान और वज़ीर ने हुक्के के लिए पैसे भरे और उसके पीछे चल दिए हालांकि वे अभी मन भर कर हुक्का पी भी नहीं सके थे। बेचारा मुअज़्ज़िन हताश लग रहा था। वे उसके पास जा कर सीधे पूछ भी नहीं सकते थे, "क्या तुम हमें अपनी कहानी नहीं सुनाओगे?"

पर उन्होंने देखा कि वह एक घर में घुसने वाला था। "अल्लाह, इसका घर आ गया," सुलतान ने कहा।

वे झट से उसके पास पहुँचे। वह आदमी अपने ही ख़्यालों में इतना गुम था कि वज़ीर के ठीक सामने जाने तक उसे कुछ पता ही नहीं चला।

"आदाब।" वज़ीर ने कहा।

मुअज़्ज़िन अपने ख़्यालों की दुनिया से बाहर आया और दो अजनबियों को देख कर पूछा, "मैं आपकी क्या मदद कर सकता हूँ?"

"हम कुछ देर से तुम्हें ही देख रहे थे। सुलतान ने कहा। हमने देखा कि तुम खुशी-खुशी मीनार पर गए पर वापिस आए तो चेहरे पर लाचारगी झलक रही थी।"

मुअज़्ज़िन सुन कर दंग रह गया, "आप लोग मुझे देख रहे थे, पर क्यों?"

"तुम्हारे इसी बर्ताव पर हमारा ध्यान गया। तुम दूसरे लोगों जैसे नहीं हो। सड़क भी ऐसे चलते हो जैसे कोई सपना देख रहे हो। जब तुमने मीनार को देखा तो देख कर लगता था कि तुमने कुछ कमाल का देखा है पर जब हमने देखा तो हमें कुछ दिखाई नहीं दिया। तुम्हें मीनार पर ऐसा क्या दिखा जो हम नहीं देख सकते? बस यही जानने के लिए तुम्हारे पीछे आ गए।"

मुअज़्ज़िन ने अपने घर की ओर इशारा किया, "मेहरबानी करके, अंदर चलिए। हम वहीं बैठ कर बात करेंगे।"

सुलतान और वज़ीर उसके घर में चले गए। मुअज़्ज़िन ने उन्हें आरामदायक जगह बिठा कर ख़ातिर की और कहा, आइए, "अब आपके सवालों का ज़वाब देते हैं। मैं आपको बता दूँगा कि मैंने मीनार पर क्या देखा पर मैं चाहूँगा कि पहले आप मेरे लिए कुछ करें।"

जैसा कि आप जानते हैं कि हमारे सुलतान और वज़ीर पहले भी यह सब सुन चुके हैं। वे बोले, "अगर हमारे बस में होगा तो क्यों नहीं?"

"असल में, मेरी एक छोटी सी अर्ज़ है। मुअज़्ज़िन बोला। इस जगह से पाँच दिन की दूरी पर एक शहर है और उसमें एक आदमी रहता है जो टोपियाँ बनाता है। उससे सुंदर टोपियाँ कोई दूसरा नहीं बुन सकता। वह इतना बारीक काम करता है कि एक हफ़्ते में एक टोपी तैयार होती है। जब टोपी तैयार होती है तो वह उसे बेचने के लिए बाज़ार ले जाता है। उसके ग्राहक पहले ही उसके आने के इंतज़ार में होते हैं। नीलामी चालू होती है। हालांकि इन सबके बीच ही टोपी बुनने वाले को

भीड़ में कुछ दिखाई देता है। वह टोपी वहीं छोड़ कर चिल्लाता है, रुको, मेरा इंतज़ार करना। और फिर इस तरह भागने लगता है मानो किसी को पकड़ना चाहता हो। वह क़ब्रगाह तक भागता चला जाता है। फिर वहीं क़ब्र पर गिर कर ज़ोर-ज़ोर से रोने लगता है। मैं इसी टोपी वाले की कहानी जानना चाहता हूँ। अगर आप जान सकें तो मुझे आ कर बता दें और मैं आपको बता दूँगा कि मैंने मीनार में क्या देखा।"

"ठीक है, ऐसा ही होगा," सुलतान और वज़ीर ने कहा। वे उस रात मुअज़्ज़िन के मेहमान बने और अगले दिन की नमाज़ के बाद रवाना हो गए।

वे पहाड़ियों से परे, पूरे पाँच दिन और रातों तक सफ़र में रहे ... और पाँचवीं रात की अगली सुबह, टोपी बुनने वाले के शहर में जा पहुँचे।

वे शहर में पहुँचते ही बाज़ार की ओर चल दिए। जब वे वहाँ घूम रहे थे तो उन्हें भीड़ के बीच, एक ऊँची जगह पर खड़ा आदमी दिखा, जिसने अपने हाथ में बहुत सुंदर काम वाली टोपी ले रखी थी। वे जान गए कि उन्हें उसी टोपीवाले से मिलना था। वे भी भीड़ का हिस्सा बन गए। पहले तो सब कुछ आम सा ही लग रहा था, टोपी वाला अपना सामान बेचने आया था पर अचानक टोपी वाले की नज़र भीड़ में एक जगह बँध गई। मानो अब उसे आसपास की आवाज़ें सुनाई देना बंद हो गई हों। सुलतान और वज़ीर ने टोपीवाले के बर्ताव में इस फ़र्क को देखा। उन्होंने मुड़ कर भीड़ में देखा तो उन्हें राहगीरों के सिवा कुछ न दिखा। टोपी वाला किसी नज़ारे से बँधा गुमसुम सा खड़ा थ।

ज्यों ही सुलतान और वज़ीर पूछताछ करने के लिए आगे बढ़े, उन्हें टोपी वाला गिड़गिड़ाता सुनाई दिया, "मत जाओ! मत जाओ। मुझे अकेला छोड़ कर मत जाओ।"

नीलामी करने वाले चुप हो गए और उसे हैरानी से देखने लगे। पर टोपी वाला उनमें से किसी को नहीं देख रहा था। वह अपना दाँया हाथ उठा कर चिल्लाया, "मेहरबानी करके मत जाओ! मत जाओ। मुझे अकेला छोड़ कर मत जाओ।"

भीड़ ने चकरा कर उसके लिए जगह बना दी। टोपी वाले ने एक बार फिर से यह बात दोहराई और टोपी वहीं फेंक कर भागने लगा। बेशक़ सुलतान और वज़ीर भी उसके पीछे भागे। वे लगातार भागते रहे और आख़िरकार तीनों शहर के बाहर बने क़ब्रिस्तान में पहुँच गए। टोपी वाला लगातार भागते हुए दो क़ब्रों के पास चला गया और अपने घुटनों के बल गिर गिया। वह बिलखते हुए ज़मीन चूमने लगा। सुलतान और वज़ीर उसे दूर से देखते रहे पर कुछ समझ नहीं पा रहे थे। टोपी वाला तक़रीबन बेसुध होने वाला था। वे दोनों उसके पास गए और उसे उठा कर पास वाले नल पर ले आए। फिर उन्होंने उसके हाथों और चेहरे पर पानी की छींटे मारे।

जब उसकी सुध वापिस आई तो उसने दो अजनबियों को अपने पास देखा, वह सकते में आ गया। "आप मेरी मदद क्यों कर रहे हैं?" उसने पूछा।

"हम भी बाज़ार में ही थे। सुलतान ने कहा। हमने आपकी हालत देखी तो मन उदास हो गया। हम आपकी मदद करने के लिए साथ आ गए।"

"शुक्रिया। टोपी वाले ने उदासी से सिर झुका लिया। पर शायद कोई भी मेरी मदद नहीं कर सकता।"

"ऐसा न कहो। सुलतान ने कहा। हर बीमारी का इलाज होता है हर परेशानी का हल होता है।"

"मेरी परेशानी का कोई हल नहीं है। टोपी वाला बोला। मैं हर चाहत से परे हूँ।"

"जहाँ जिंदगी है, वहीं उम्मीद भी होती है," सुलतान ने कहा, "शायद हमारे पास तुम्हारे लिए कोई हल हो।"

टोपी वाले ने हल्की-सी आँखें तरेरीं, "तुम तो क्या, सारी दुनिया के हकीमों के पास भी मेरी परेशानी का हल न मिलेगा। मेरी बातों में दिमाग न खपाओ, अपना काम करो। मेरी बातों से बेकार में अपना मन खराब कर लोगे।"

"अगर ऐसा है तो यही सही। सुलतान ने कहा। हम तुम्हारी कहानी सुनना चाहते हैं। भले ही हमें सुन कर दुख हो पर हम उसे सुनना चाहते हैं।"

"इतना इसरार क्यों कर रहे हो? क्या तुम समझते नहीं? मेरी कहानी दर्दनाक है। जो भी कहूँगा, उससे दर्दनाक तुमने पूरी जिंदगी में नहीं सुना होगा। कितने क़िस्से भरे हुए हैं, सुंदर और दिलक़श, लोगों को खुशी और ज़िन्दगी की उम्मीद देने वाले क़िस्से, और तुम मेरा क़िस्सा सुनना चाहते हो?"

"दर्द को जाने बिना, खुशी नहीं पाई जा सकती," वज़ीर ने कहा, "शायद तुम जो बताओ, उससे हमें अपनी ज़िन्दगी बेहतर और भरपूर बनाने में मदद मिले। और वैसे भी, हम पूरे पाँच दिन का सफ़र करके, तुम्हारे बारे में जानने ही आए हैं। हमें खाली हाथ वापिस मत भेजो।"

टोपी वाला सुन कर सदमे में आ गया। "आप लोग इतनी दूर से आए हो? भला मेरी कहानी में इतनी दिलचस्पी क्यों?" उसने पूछा।

यह सुन कर दोनों मुसाफ़िरों ने उन्हें सारी बात बता दी। टोपी वाला ध्यान से सुनता रहा।

"ठीक है। वह बोला। मैं एक शर्त पर अपनी कहानी सुना सकता हूँ।"

सुलतान और वज़ीर के चेहरे पर साया सा खेल गया।

"डरने की कोई बात नहीं। मैं आप लोगों को छह दिन के सफ़र पर नहीं भेज रहा," टोपी वाला बोला, "मैं भी उन कहानियों को सुनना चाहूँगा, जो आप सुनेंगे। आपने जो बताया, उसने मुझे सोचने पर मज़बूर कर दिया। मैं भी अंधे आदमी, लुहार, सुनार और मुअज़्ज़िन की कहानी सुने बिना चैन नहीं पा सकूँगा। अगर आप वादा करते हैं कि आप लौट कर, वे सारे क़िस्से मुझे भी सुनाएँगे तो मैं आपको अपना क़िस्सा सुना दूँगा।"

सुलतान और वज़ीर ने उसकी पेशकश मान ली और टोपी वाला अपना क़िस्सा बताने लगा।

जैसा टोपीवाले ने कहा

सालों पहले की बात है। हमारा घर शहर के बाहरी इलाके के पास पड़ता था। हम बहुत दौलतमंद नहीं थे। मेरे अब्बा बढ़ईगिरी करते थे और वजह चाहे जो भी रही हो, उन्हें अपना काम पसंद नहीं था। उन्होंने मुझे दर्जीगिरी सीखने के लिए भेजा। मेरा मालिक अच्छा इंसान था। और मैं भी इतना कमअक़्ल नहीं था। मेरे उस्ताद ने बहुत ही कम समय में, मुझे अपने धंधे का सारा हुनर सिखा दिया। मैंने भी कभी अपने उस्ताद का सिर नीचा नहीं होने दिया। मैं हमेशा अपनी आँखें और कान खुले रखता ताकि उनकी कही एक भी बात नज़रंदाज़ न हो। हर दिन कुछ नया सीखता था जिससे अंदर से बहुत भरा-पूरा महसूस होता, मानो मैं कोई मक़सद पूरा कर रहा था।

कुछ ही बरसों में, मैंने कपड़ों और टाँके के बीच के जादुई नाते को साध लिया। मैं जैसे-जैसे तरक्की करता गया, धंधे में हाथ और सधता चला गया। उस्ताद और मेरा आपसी लगाव भी बहुत बढ़ गया था। उस्ताद को मेरे भरोसे दुकान छोड़ने में भी कोई परेशानी नहीं होती थी। आज चाहे जैसा लगता हूँ पर उस समय काफी खूबसूरत था। हमारी दुकान के सामने ही लकड़ी से बना एक घर था जिसकी एक खिड़की सड़क की ओर खुलती थी। उस घर में एक सुंदर सी लड़की रहती थी। मैं उसके प्यार में दीवाना था, जैसे पड़ोस में रहने वाले बाकी लड़के उस पर मरते थे। मैं उससे प्यार करता था पर यह भी जानता था कि यह प्यार एक सपने से ज़्यादा नहीं था। वह शहर के जाने-माने आदमी की बेटी थी और मैं एक दर्जी का गरीब चेला। हालांकि यह जानने के बाद भी मेरा प्यार कम नहीं हुआ और मैं उस घर से अपनी नज़रें हटा नहीं पाता था। समय-समय पर उस खिड़की के दूसरी ओर से एक परछाइं दिखाई देती और मेरी उम्मीदें बढ़ जातीं कि शायद वह लड़की भी उस ओर से मुझे ही देख रही होगी। फिर मैं अपने इन खोखले सपनों से जाग कर काम पर लग जाता। हालांकि मेरी यह हालत उस्ताद से छिपी न रही और एक दिन उन्होंने अपने पास बुला लिया।

वे बोले, "बेटा। तुम्हें कुछ हो गया है? तुम इतनी फ़िक्र में क्यों दिखाई देते हो? मुझे बताओ, तुम्हारे मन में क्या चल रहा है?"

अगर मैं उनसे कहता कि ऐसी कोई बात नहीं थी, तो भी वे मानने नहीं वाले थे। मैं जिस तरह उस खिड़की की ओर देख कर आहें भरता था, शायद वे मेरे मन का हाल भांप गए थे।

उन्होंने एक भवें उठाते हुए कहा, "या फिर तुम सड़क के उस ओर रहने वाली लड़की के प्यार में पड़ गए हो?"

मैं मारे शरम के लाल हो कर चुप लगा गया, कहने के लिए कुछ था भी नहीं।

उस्ताद बोले, "इसमें शरमाने की क्या बात है। तुम जवान हो और जवानी में ऐसा होता है। क्या तुम्हें उससे सच्चा प्यार महसूस होता है या फिर बस ऐसे ही दिल बहलाना चाहते हो?"

उनकी बातों से हौसला सा मिला और मैंने कहा, "नहीं उस्ताद, मैं कभी उस लड़की के दिल से नहीं खेलना चाहूँगा।"

मेरे उस्ताद बड़े ही अपनेपन से मुस्कुराए, "बहुत ख़ूब। तुमसे यही उम्मीद थी, बेटा! "

"पर ऐसा नहीं हो सकता, उस्ताद।" मैंने ज़वाब में कहा।

"अरे क्यों नहीं? हम जा कर उसका हाथ क्यों नहीं माँग सकते?"

"क्या हम ऐसा कर सकते हैं? क्या वे लोग मुझसे अपनी बेटी ब्याहना चाहेंगे, उस्ताद," मैंने पूछा।

"हम चल कर पूछ तो सकते ही हैं," उन्होंने कुछ तय करते हुए कहा, "ज्यादा से ज्यादा इंकार ही तो करेंगे।"

"पर उस्ताद वह इतने बड़े घराने की लड़की और मैं एक दर्जी की दुकान पर शार्गिद..."उन्होंने मेरी बात बीच में काट दी।

"बेटा, मेहनत करोगे तो ज़ल्द ही दौलतमंद हो जाओगे। मैं इस लड़की के अब्बा को जानता हूँ। वे उन लोगों में से नहीं जिनके लिए पैसा ही सब कुछ होता है।"

इस बातचीत के बाद धीरे-धीरे सब कुछ अपने-आप होता चला गया। शनिवार की शाम, उन्होंने मेरे अब्बू और अम्मी को साथ लिया और उस घराने की लड़की का रिश्ता माँगने चले गए। मैं उनका इंतज़ार कर रहा था। कलेजा हलक तक आया हुआ था। मैं बार-बार खिड़की से उनकी वापसी की राह देख रहा था। फिर वे एक घंटे बाद लौटे और मैं दरवाज़े पर उनसे मिला।

इससे पहले कि मैं कुछ कहता, मेरे मन की बात जानने वाले उस्ताद ने पक्के यकीन से कहा, "यह ज़रूर होगा। बेटा, यह ज़रूर होगा। तुम चिंता मत करना।"

अम्मी और अब्बू को इस रिश्ते से इतनी उम्मीद नहीं थी। अम्मी मेरे कान में बोलीं, "हम इस बारे में एक बार और सोच लें।" उनकी आवाज़ में छिपी मायूसी छिपी नहीं रह सकी। उन्हें शुरू से ही इस बात में शक़ था कि यह शादी हो सकती थी। उनकी बात सुन कर तो मेरा दिल ही डूब गया।

"वे अपना फ़ैसला कब देंगे?" मैंने बुझे सुर में पूछा।

"उन्होंने कुछ कहा नहीं। शायद कल या परसों तक हमें कुछ पता चल जाए," वे बोलीं।

उस्ताद के निकलते ही मेरा मन पछतावे से भर गया। मैं खुद को ऐसे मोड़ पर क्यों ले आया? बिना बात के खुद को नीचा क्यों दिखाया? वे हमें इंकार कर देंगे। और मुझे अपने उस्ताद पर भी नाराज़गी थी कि उन्होंने ही हमें बेकार में हौसला दिया। अगली सुबह होने तक सारी रात करवटें बदलते हुए कटी।

अगले दिन मैं बाज़ार में कपड़ा खरीदने के लिए रूक गया इसलिए दुकान पहुँचने में थोड़ी देर हो गई। जब मैं दुकान में गया तो उस्ताद का चेहरा खुशी से दमक रहा था। "आओ, आओ मेरे पास बैठो," वे बोले और कुली की पीठ से कपड़ा उतरवा कर अंदर रखा। मैं उनके पास बैठ कर सोचने लगा कि वे क्या बात करने वाले थे।

"आज सुबह लड़की के अब्बू मिलने आए थे।" वे बोले। उन्होंने अपनी बात बीच में रोकी और मेरे चेहरे को सवालिया निगाहों से देखा। मैं अपना दम साधे उन्हें ही देख रहा था, "क्या तुम जानना नहीं चाहते कि उन्होंने क्या कहा?" उस्ताद ने पूछा।

"उन्होंने क्या कहा, उस्ताद।" मैं हकलाया।

"बधाई हो, वे अपनी लड़की की शादी तुमसे करने के लिए मान गए हैं," उस्ताद बोले।

"क्या यह सच है?" मैं फिर से हकलाया।

"बेशक़ यह सच है। मैंने नहीं कहा था कि वे मान जाएँगे?"

मैं उछला और उनका हाथ चूम लिया। "ओह शुक्रिया, शुक्रिया उस्ताद। मैं आपका यह एहसान कैसे अदा कर सकूँगा।"

"यह तो मेरा फ़र्ज था, मेरे बच्चे," वे बोले, "उस्ताद अपने चेले को हुनर ही नहीं सिखाता, ज़िंदगी की बागडोर संभालना भी सिखाता है। और बस सिखाना ही बहुत नहीं होता, उसे अपने चेले का पूरा साथ देते हुए, सहारा बनना चाहिए।"

एक महीने बाद ही शादी की तैयारियाँ होने लगीं। और शुक्र है कि उस्ताद ने हर कदम पर साथ दिया। उनके पास एक घर खाली पड़ा था। हमने अपनी ओर से उसे अच्छी तरह सजा दिया। और छह महीने बाद, हमारी शादी हो गई। पहली रात मुझे अपनी बीवी से पता चला कि वह भी मुझे बहुत चाहती थी। मुझे खिड़की के पीछे जो परछाईं दिखती थी, वह उसकी ही थी। वह भी मुझे छिप-छिप कर देखती थी। मैं आपको बता नहीं सकता कि उसकी बात सुन कर मुझे कितनी ख़ुशी मिली। ऐसा लगा कि मैं सबसे ख़ुशक़िस्मत इंसान था।

हमारी खुशहाल ज़िन्दगी की शुरुआत हुई। मैं सारा दिन मन लगा कर काम करता और शाम होने के बाद घर वापिस जाता। अपनी बीवी का मुस्कुराता हुआ चेहरा देखते ही सारी थकान कहीं गायब हो जाती पर हमारी ख़ुशी लंबे समय तक नहीं टिक सकी। दो ही महीने बीते थे कि पड़ोसी मुल्क

के साथ ज़मीन के किसी पुराने बंटवारे की वजह से जंग छिड़ गई। मुझे मुल्क के दूसरे लड़कों के साथ फौज में भर्ती होने जाना पड़ा। एक दिन सुबह-सुबह, मैंने अपनी प्यारी बीवी से विदा ली और मोर्चे पर रवाना हो गया।

पहले दिन ने ही सिखा दिया कि सब बदल चुका था। मैं अब तक जो जिंदगी जीता आया था, वह पीछे ही कहीं छूट गई थी। खून और मौत से नए दिन लिखे जा रहे थे। मेरे साथ आए ज़्यादातर लड़के पहली ही लड़ाई में मारे गए। उनमें से कइयों ने एक-एक हाथ या पैर गँवाए। क़िस्मतवालों को थोड़ी-बहुत चोटें आईं और मैं उनमें से ही एक था। कुछ बड़ी लड़ाईयों में मुझे थोड़े-बहुत जख़्म आए। पूरे दो महीने तक मैं बाल-बाल बचता रहा पर उसके बाद हमारे ठिकाने पर छापा पड़ गया।

कई हफ़्ते बीत गए थे और जंग ख़त्म नहीं हो रही थी। हम बुरी तरह से पस्त हो गए थे और दुश्मनों का भी यही हाल था। चारों और मायूसी और लाचारगी छाई थी। जैसा हमने सुना था, 'पानी भले ही थम जाए पर दुश्मन नहीं थकता।' एक शाम हमें यह बात तब समझ आई, जब हम खा-पी कर आराम करने बैठे। पहरे पर बैठे सिपाही को भी नींद आ रही थी पर हमारा दुश्मन थका नहीं था। उसे हमारी ओर आते दुश्मनों का पता ही नहीं चला। जब तक हमें इस छापे का पता चला, तब तक बहुत देर हो चुकी थी। इससे पहले कि हम लड़ने को तलवारें निकालते, हम सभी पकड़े गए। जिन्होंने थोड़ी भी आनकानी की, उन्हें वहीं मार दिया गया। मैं उन बंदी बने सिपाहियों में से था इसलिए हमें उनके साथ जाना पड़ा।

दुश्मन ने हमें मोर्चे से हटा कर अपने मुल्क में भिजवा दिया। उस जगह हमें तहखाने में डाल दिया गया। छह महीने बाद हमें बाहर निकाला गया। अभी हम बाहर आने का जश्न भी नहीं मना सके थे कि हमें शहर के चौराहे पर ले जा कर हमारी बोली लगा दी गई। एक ज़मींदार के हाथों हम

ग्यारह साथी बिके। हमें एक साथ बांधा गया ताकि हम भाग न सकें, रस्सी का आख़िरी हिस्सा एक थुलथुल से दिखने वाले घुड़सवार के हाथों में था। हमें बाद में पता चला कि वह खेतों का कारिंदा था। मालिक और उसके आदमी घोड़ों पर सवार थे और हम पैदल चल रहे थे। इस तरह हम सब उसके खेतों की ओर चल दिए।

और इस तरह एक विदेशी ज़मीन पर गुलामों की तरह ज़िन्दगी बीतने लगी। मालिक बेरहम था, उसके लिए हम बाड़े में बंद सूअरों से ज़्यादा अहमियत नहीं रखते थे। फिर भी, जब हम तहखाने में बीते दिनों को याद करते तो यह उससे बेहतर ही लगता। एक दिन मालिक ने हमें एक साथ जमा किया और हमारे कामों के बारे में पूछने लगा। जब मैंने उसे बताया कि मैं पेशे से दर्जी था तो वह मुझे एक ओर ले गया। उसने मुझे कुछ कपड़े और सुई-धागा दे कर कहा, "हमारे लिए इस खिड़की के पर्दे तैयार करो, ज़रा देखें कि तुम कितने हुनरमंद हो।" उसने गुलामों के कमरों की ओर इशारा किया।

उस दोपहर मैंने पर्दे तैयार करके मालिक को दे दिए। मालिक और उसकी बीवी मेरे काम से इतने खुश हुए कि उसने फिर से अपने पास बुलाया, "तुम कल से खेतों में काम नहीं करोगे।" वह बोला। और इस तरह मैं किसान से दर्जी बन गया। मुझे कोई शिकायत नहीं थी, कम से कम किसानी के काम से तो बच गया था, जिसके बारे में कुछ नहीं जानता था। मैं अपनी ओर से पूरा ध्यान रखता ताकि उनकी कही एक-एक बात के हिसाब से काम हो। इस तरह मालिक की नज़र में मेरी अहमियत बढ़ने लगी। कुछ ही हफ़्तों में, मेरे लिए उनका रवैया पूरी तरह से बदल गया। दूसरे गुलामों के मुक़ाबले मेरा रहन-सहन बेहतर हो गया। मेरे दोस्तों को वह सब नहीं मिल सका, जो मुझे दिया जाता था पर फिर भी मन शांत नहीं था। अभी मुझे अंदर से कमी महसूस होती थी। मुझे अपने मुल्क और बीवी की याद सताती थी। मैं पहला मौका मिलते ही भागना चाहता था पर कैसे? वे तो हमें अपने मुल्क के बिल्कुल बीच

वाले इलाके में ले आए थे। मुझे पता था कि ऐसी कोशिश करते ही पकड़ा जाऊँगा, फिर भी मैंने अपनी ओर से कोशिश की।

गर्मियों के आख़िर में फसल की कटाई हो रही थी, सभी काम में लगे थे। मैं चुपके से खेतों से निकल कर पीछे वाले जंगलों में चला गया। दो घंटे भी नहीं हुए थे कि पीछे से शोर सुनाई देने लगा जिसने जंगल के सन्नाटे को भंग कर दिया। मैंने कान लगा कर सुना, कुत्तों के भौंकने की आवाज़ें आ रही थीं। मैं जंगल में लगी आग जितनी फुर्ती से भागा पर सब बेकार हो गया, उन्होंने कुछ ही देर में मुझे पकड़ लिया। फिर मुझे बेरहमी से पीटते हुए वापिस ले आए और एक अंधेरे कमरे में बंद कर दिया। दिन और रात तक का फ़र्क तक पता नहीं चलता था और वक़्त का भी कोई एहसास नहीं बचा। उस दौरान मुझे खाने के लिए बासी रोटी और पानी के सिवा कुछ नहीं दिया गया। फिर एक दिन मुझे बाहर निकाला और मालिक के पास ले गए।

"मैं तुम्हारे साथ ऐसा बर्ताव नहीं करना चाहता था। मालिक ने कहा। तुम हुनरमंद इंसान हो पर तुम बच कर भागने की बेकार कोशिश कर रहे हो। मैंने तुम्हारे लिए काफी पैसा दिया है, जब तक उस पैसे का भुगतान नहीं कर देते, तुम इस जगह से वापिस नहीं जा सकते।"

उन्होंने मेरे लिए कितना पैसा भरा था? मुझे उस जगह और कितने समय तक काम करना होगा? कुछ भी तय नहीं था। मेरी आज़ादी पूरी तरह से मालिक की मर्जी पर थी। मैं और कुछ नहीं कर सकता था इसलिए हथियार डाल दिए।

बरसों-बरस हो गए, मेरा चेहरा बूढ़ा हो गया, उस पर झुर्रियाँ आ गईं। फिर भी मैं अपनी उम्मीद बचाए हुए था कि एक दिन अपनी बीवी के पास पहुँच जाऊँगा जो आज भी मेरा इंतज़ार करती होगी। शायद इसी उम्मीद ने मुझे जिंदा रखा। इसी उम्मीद और इंतज़ार के बीच पूरे सत्रह साल हो गए।

हमारे मालिक को शिकार खेलने का शौक़ था। उस दिन वह अपने आदमियों और शिकारी कुत्तों के साथ पहाड़ों की तलहटी पर जंगलों में शिकार खेलने गया। दोपहर को हमने शिकारी दल को वापिस आते देखा। हम बेचैनी से जानने का इंतज़ार करने लगे कि वे जल्दी वापिस क्यों आ गए। जब वे लोग पास से निकले तो हमने देखा कि चार लोगों से लकड़ी से बनी डोली उठा रखी थी, हम अभी जानने की कोशिश ही कर रहे थे कि उसके अंदर कौन था। तभी खेतों की ओर से चीख सुनाई दी। मालकिन रोते-रोते डोली की ओर भाग रही थी। मैं झट से उसके पीछे भागा। मैंने उस जगह जा कर देखा कि डोली में मालिक थे। उनका घोड़ा जंगली सूअर को देख कर बिदक गया और वे अपना संतुलन खो कर गिर गए जिससे उनकी गर्दन टूट गई थी। मुझे उस इंसान से कोई ख़ास लगाव नहीं था पर ऐसे हालात में हुई मौत को देख कर दुख हुआ। वे तो मुझे जल्द ही रिहा करने वाले थे, अब फिर से आने वाले वक्त का कुछ पता नहीं था।

अब मालकिन के सिवा कोई नहीं बचा था; उनकी कोई औलाद नहीं थी। मालकिन का भाई, शहर में एक सौदागर था, जो यह ख़बर मिलते ही भागा चला आया। मालिक को दफनाने के दो दिन बाद, उन दोनों ने हम सबको घर में बुलाया। उस आदमी ने कहा कि वह उन खेतों को बेच कर अपनी बहन को साथ ले जाने के बारे में सोच रहा था। हमें यह सुन कर खुश होना चाहिए था या उदास- हम कह नहीं सके। हममें से एक ने कहा, "हमारा क्या होगा?"

"मैं तुम सबको अपने साथ शहर नहीं ले जा सकती," मालकिन बोली, "तुम्हें अब से अपना इंतज़ाम खुद देखना होगा। तुम जहाँ जी चाहे, जा सकते हो, जहाँ मन चाहे, वहीं काम कर सकते हो।"

कमरे में ख़ामोशी छा गई। जब कोई कुछ नहीं बोला तो मैंने हिम्मत जुटा कर आगे आ कर पूछा, "मालकिन, आप कहना चाहती हैं कि क्या हम सब अब आज़ाद हैं?"

मालकिन का भाई मुस्कुराया। "हाँ, तुमने सही समझा," वह बोला, "तुम सब आज़ाद दो। शहर में तुम लोगों की ज़रूरत नहीं है।"

मुझे याद है, मैं उनके कमरे से खेतों तक भागता चला गया, ख़ुशी के मारे ज़ोर-ज़ोर से चिल्ला रहा था। अब मैं अपने मुल्क और बीवी के पास वापिस जा सकता था, जिन्हें बरसों पहले छोड़ आया था। मैंने अपना सामान समेटना चालू कर दिया। अब उस जगह एक पल भी नहीं रहना चाहता था। आधे घंटे में ही मैं और मेरे तीन पक्के दोस्त उस जगह से निकल चुके थे। हमारे आगे का रास्ता बड़ा लंबा था पर किसी को परवाह नहीं थी क्योंकि अब हम आज़ाद थे। मैं तो बिना किसी शिकायत के दिनों या महीनों तक पैदल चल सकता था। पर ऐसा नहीं था कि मन में कोई बुरे ख़्याल नहीं आ रहे थे। कहीं मेरे अपनों के साथ कुछ बुरा तो नहीं हो गया होगा? मैं उनसे पूरे सत्रह बरस दूर रहा, इस बीच उनके साथ क्या हुआ होगा, कौन जाने?

मेरा सफ़र पूरे चालीस दिन में पूरा हुआ। चालीसवें दिन की शाम को मैं उस शहर के बाहर पहुँचा, जिसमें मैं पैदा हुआ और पला-बढ़ा। मेरे साथ सफ़र करने वाला कारवाँ एक सराय में ठहर गा। आज रात यहीं रहते हैं, कल सुबह शहर में चलेंगे। कारवाँ के मुखिया ने कहा। पर मुझसे मेरी तड़प सही नहीं जा रही थी और मैं सुबह तक इंतज़ार नहीं कर सकता था। मैंने उसकी एक न सुनी और आगे का सफ़र जारी रखा। सराय से निकलने के एक घंटे बाद ही अंधेरा छा गया। मैं आराम से चलता रहा क्योंकि मेरे लिए वह जगह अनजान नहीं थी। मेरे पैर ज़मीन पर नहीं पड़ रहे थे मानो मैं अपने पंजों के बल उड़ता जा रहा था। मैं सोच रहा था कि मेरी बीवी इतने साल बाद मुझे देख कर कितनी ख़ुश होगी। मैं उसकी गहरी काली आँखों में फैली चमक को देख पा रहा था। मेरा दिल बल्लियों उछल रहा था, यह एक ऐसा ख़ुशनुमा गीत बन गया था जो मेरी दाईं ओर सितारों की रोशनी से जगमग करते मैदानी इलाके से बाईं ओर कंधे से कंधा मिला कर खड़ी पहाड़ियों तक फैल गया था।

मैं घंटों बिना आराम किए चलता रहा। चौमासी नदी पर एक पुल दिखाई दिया, मैं उसे पार करके शहर में पहुँच गया। जब मैं शहर की उन गलियों में चलने लगा जिन्हें कई साल पहले छोड़ा था तो मन में नाराज़गी-सी छा गई। असल में, कुछ ख़ास नहीं बदला था। संकरी गलियों में पत्थरों से बने घर ज्यों के त्यों थे। धूल भरे रास्ते, छोटे फव्वारे वाला चौराहा, सब कुछ तो वही था। मैं घुमावदार सड़कों से होते हुए उस घर की ओर बढ़ा जो शहर की सात पहाड़ियों में, सबसे ऊँची पहाड़ी पर बना था। जब मैं पहाड़ी पर चढ़ने लगा तो उसके आसपास के मकानों की छत के बराबर आ गया। उन दिनों गर्मियाँ ज्यादा थीं इसलिए लोग छतों पर सो रहे थे। मैंने छत पर सोने वालों को खुशी से देखा। मैं उन्हें जानता था; उनमें से कुछ तो रिश्तेदार थे, कुछ लोग प्यारे पड़ोसी थे। पहाडी चढ़ने से थकान हो गई थी; अब मैं पहले जैसा नौजवान नहीं रहा था। मेरी बीवी तो शायद मुझे पहचान भी न सके। और वह कैसी होगी? क्या वह भी बूढ़ी हुई होगी? मेरी सोच में तो वही चेहरा था जो शादी की पहली रात देखा था। मेरा दम फूल गया और चढ़ाई चढ़ने में दिक़्क़त होने लगी, पर मैं इतनी आसानी से हार मानने वाला नहीं था। उस जगह एक खाली हिस्सा था, उसे पार करते ही मेरा घर आ जाता। थकान और बेचैनी से मुँह सूख गया था। मैंने अपने होंठ चाटे और चाल तेज़ की। आख़िरकार मेरे घर की छत दिखने लगी और उस पर बिछी चारपाई दिखी, उस पर मेरी बीवी ही सो रही होगी। मेरे घुटने ज़वाब देने ही वाले थे पर मैं उन्हें नज़रंदाज़ करते हुए आगे बढ़ता गया। जब मैं और पास गया तो मैंने उसी चारपाई पर एक दूसरे इंसान को भी सोता पाया। मैं दंग रह गया। मुझे कोई ग़लतफ़हमी हुई थी। शायद अंधेरे में मेरी नज़र खिलवाड़ कर रही थी पर फिर भी मन में चिंता उमड़ आई थी। मैं धीरे चलने लगा, कदम भारी हो गए थे, नज़रें छत पर ही टिकी थीं। मैं ग़लत नहीं था; चारपाई पर दो ही लोग सो रहे थे। मैंने अपने दिमाग में आने वाली सारी बेतुकी बातों को परे धकेलना चाहा। इस बात की कोई जायज़ वजह होगी। शायद मेरी अम्मी या उसकी अम्मी साथ

रहती होंगी ताकि वह अकेली न रहे। मैं छत के और पास पहुँच गया। कुछ देर छत के कोने पर खड़ा होकर देखने की कोशिश करता रहा कि उसके साथ कौन सो रहा था। कुछ पता नहीं लगा। चिंता होने लगी थी। एक पल के लिए लगा कि लौट जाऊँ और दिन की रोशनी में वापिस आ जाऊँगा। फिर मैंने खुद को अपनी कायरता के लिए फटकारा। जो कुछ भी था, मुझे अपनी आँखों से देखना ही होगा। मैं सड़क के नीचे बनी पत्थर वाली दीवार फांद गया और धीरे-धीरे छत पर चलते हुए उसके बिस्तर के पास पहुँच गया। मेरा कलेजा मुँह को आ गया था। मैंने देखा कि मेरी बीवी बांइ ओर लेटी हौले-हौले साँसें ले रही थी। उसके दाईं ओर कोई लेटा था पर चेहरे पर कंबल होने की वजह से देख नहीं सका। मुझे लगा कि मेरी अम्मी होगी। वह कभी मुँह ढके बिना सो नहीं पाती थी। मैंने कांपते हाथों से, धीरे से कंबल हटाया। काश, ऐसा न किया होता क्योंकि उस एक पल में, जैसे मेरी सारी दुनिया बरबाद हो गई। मेरी बीवी के साथ कोई नौजवान सो रहा था। एक पल को तो समझ नहीं आया कि क्या करूँ? ऐसी बात तो कभी दिमाग में भी नहीं आई थी। जहाँ मैं अपने घर के लिए तरस रहा था, वहीं शायद मेरी बीवी को कोई और मिल गया था। मेरी नाराज़गी गुस्से में बदल गई। मेरे हाथ, अपने-आप ही जेब में रखे चाकू पर चले गए। मैंने उसे बाहर निकाला और अपनी बीवी को खोंपने ही वाला था कि उसने अपनी आँखें खोल दीं। मैं चांद की रोशनी में उसके चेहरे की हैरान और डर देख सकता था। जिस औरत को मैंने पूरी उम्र चाहा, वह मुझे मारे डर के ताक रही थी। उससे नफ़रत हो रही थी पर फिर भी जाने क्यों, उस पर चाकू से वार नहीं कर सका। मेरे दिल में अब भी उसके लिए प्यार बचा था। जब मैंने देखा कि ऐसा करना बेकार था तो मैंने चाकू वहीं फेंका और चिल्लाया, लानत है तुम पर! और फिर वहाँ से भाग आया। मै उस अंधेरी सड़क पर दौड़ता चला गया। कुत्ते मुझ पर भौंकने लगे। कुछ लोग अभी सोये नहीं थे, वे बिस्तरों से उठ कर मुझे देखने लगे। मुझे नहीं पता था कि मैं कहाँ जा रहा था और कहाँ ठहरूंगा। मैं बस दौड़ता चला गया।

मैं नदी के किनारे आया और वहीं घुटनों के बल बैठ कर अपने नसीब को कोसने लगा। मैंने अपना आपा खो दिया और बिलखने लगा। सुबह होने को थी, मेरी आँख लग गई। सूरज की रोशनी चेहरे पर पड़ने से नींद खुली। एक पल को तो समझ ही नहीं आया कि मैं किस जगह था, मुझे लगा कि मैं अपने मालिक के खेत में था। पर उस जगह जाने-पहचाने घर या पेड़ आसपास नहीं दिखे, ऐसा लगा जैसे किसी ख़ालीपन के बीच घिर गया हूँ। मैं डर कर वहीं बैठा रहा। फिर अचानक सब याद आ गया और एहसास हुआ कि मैं तो सच में एक खालीपन के बीच था। वापसी के लिए कोई घर नहीं था। इस उम्र में अब्बा के घर जाने की तुक नहीं बनता था। मैं उठा और ऐसे ही नदी किनारे भटकने लगा। कुछ ही देर बाद नदी किनारे लगी भीड़ दिखी, मैं उसी ओर चला गया। उनमें से कुछ लोग छाती पीट रहे थे तो कुछ लोग रो रहे थे। मैं इसकी वजह जानने के लिए भीड़ को ठेल कर आगे बढ़ा। ज्यों ही लोगों के बीच से निकला तो दो लाशें दिखाई दीं - एक मर्द और एक औरत। ऐसा लगता था कि वे डूब गए थे। पास से देखने पर औरत पहचान में आई। वह तो मेरी बीवी थी! मेरे दिल पर हथौड़े-से बजने लगे पर मैंने शांत रह कर जानने की कोशिश की कि क्या हुआ। मेरी बीवी की लाश के पास खड़ा एक बूढ़ा बोला, "बेचारी औरत की जब शादी हुई तो कुछ ही महीने बाद इसका आदमी जंग में गया और दुश्मनों के हाथों पकड़ा गया पर फिर भी इसने उसके वापिस आने की आस नहीं छोड़ी। वह बड़े सब्र से अपने आदमी का इंतज़ार करती रही।"

"अपने आदमी का इंतज़ार, क्या कह रहे हैं!" मैं हौले से अपने-आप से बोला, "और वह आदमी जो उसके साथ सो रहा था।"

"उसे बस इस ज़िन्दगी में अपने आदमी के वापिस आने का इंतज़ार था। उसके परिवार और जानकारों ने बहुत समझाया कि वह मर चुका होगा इसलिए उसे दूसरी शादी कर लेनी चाहिए। पर वह किसी की नहीं सुनती थी।

हर रात दहलीज़ पर बैठ कर दूर तक ताकती रहती। आख़िर में, पिछली रात वह पूरी तरह पागल हो गई। वह चिल्लाते हुए नदी की ओर भागी कि उसका पति वापिस आ गया। और उसका बेटा उसके पीछे भागा..."

"उसका बेटा?" मैं तो सुनते ही अवाक हो गया। पर हमारी तो कोई औलाद ही नहीं थी। बूढ़ा आगे बताने लगा मानो उसने मेरे मन बात की जान ली हो।

"और बच्चा भी कितना नेक और तमीज़दार। जब उसने अपनी अम्मी को नदी पर जाते देखा तो वह उसके पीछे भागा। उस औरत को लगा कि उसका पति नदी में डूब रहा है, वह ज्यों ही उसे बचाने के लिए पानी में कूदी तो नदी में बहने लगी। उसका बेटा उसे बचाने के लिए पानी में कूद गया। वे दोनों ही डूब गए। बच्चा तो बेचारा अभी नौजवान था, कभी अपने बाप का मुँह तक न देख सका।"

"यह तो अच्छी बात है कि उसका बाप इस जगह नहीं था। बेचारा, यह सब कैसे सहन करता।"

मैं सोचने लगा कि ये लोग क्या कह रहे हैं; कौन सा बेटा? किसका बाप?

मैंने अपने पास खड़े नौजवान से धीरे से पूछा, "क्या हुआ, मेरे बच्चे। कौन मर गया?"

"कुछ न पूछें", जनाब। वह बोला, "यहीं पड़ोस में एक औरत रहती थी जो हमेशा अपने-आप में मगन रहती। कल रात, उसका दिमाग फिर गया और वह नदी में कूद गई और उसके साथ-साथ उसका बेटा भी गया। और देखा आपने, दोनों ही मारे गए।"

"उसके आदमी का क्या हुआ?" मैंने पूछा।

"कई साल पहले, वह जंग में गया और फिर उसका कुछ पता नहीं चला," वह बोला।

"तो फिर बेटे का बाप कौन था," मैंने पूछना जारी रखा।

"तुम्हें क्या लगता है? वही आदमी था। वह बोला। पर उस बेचारे को अपने बेटे के बारे में कुछ पता ही नहीं। जब वह जंग में गया तो उसकी बीवी को पेट से हुए कुछ ही दिन हुए थे।"

ऐसा लगा जैसे गले में कुछ अटक-सा गया हो, साँस लेने में दिक़्क़त होने लगी। मुझे अपने रुंधे हुए गले को आराम देने के लिए उसे पकड़ना पड़ा।

नौजवान मुझे ही ताक रहा था, उसे मेरे इस बर्ताव की वजह समझ नहीं आई। "आपका चेहरा मुरझा गया है। तबीयत ठीक नहीं है क्या?" उसने पूछा।

"यह मैंने क्या कर दिया?" मैं कराह उठा।

वह नौजवान और चकरा गया। आइए, "इधर छाया में आ कर बैठिए। उसने मेरी बाजू पकड़ कर कहा। इस तरह आपको अच्छा लगेगा।"

"नहीं, शुक्रिया।" मैंने कहा और अपनी बाजू खींच ली। मैंने अपनी बीवी और बेटे को देखा तो अपने आंसू नहीं रोक सका। मैं उन्हें गले से लगाना चाहता था पर ऐसा नहीं कर सकता था। मैं तेज़ी से भीड़ से वापिस जाने लगा, ऐसा लग रहा था कि अगर मैं उस नदी, उस जगह और शहर से दूर चला गया तो सब ठीक हो जाएगा। मेरी बीवी और बेटा भी जिन्दा हो जाएँगे। मैं बिना सोचे-समझे उसी रास्ते से वापिस चल दिया जिससे एक रात पहले आया था। सिर पर तेज़ सूरज चमक रहा था और भवों से पसीना टपक रहा था। मैं बुरी तरह से थका और प्यासा था पर रुकने से डरता था। लगता था अगर रुका तो फिर कभी चल नहीं सकूँगा। वक़्त का कुछ अता-पता नहीं था। तभी एक

कारवाँ दिखाई दिया, यह तो वही कारवाँ था जिसके साथ मैंने सफ़र किया था। कारवाँ के मुखिया ने मुझे देखते ही अपने घोड़े को लगाम लगा दी।

"क्या हुआ तुम्हें?" उसने पूछा।

मैं उसे नज़रंदाज़ कर आगे चलता गया, पर वह मुझे छोड़ने वाला नहीं था। उसने कारवाँ को आराम करने को कहा और मेरे पीछे आने लगा।

"क्या बात है? क्या तुम्हारी बीवी को कुछ हो गया?"

मैं चुप रहा। उसे क्या बताता?

"या फिर उसने कहीं और ब्याह कर लिया?"

जब उसने यह कहा तो मैं खुद को बस में नहीं रख सका और रोने लगा। कारवाँ के मुखिया समझदार और दुनियादार आदमी था, वह मेरे पास इस तरह बैठा रहा मानो मेरा सगा भाई हो। मैं थोड़ी देर सुबकता रहा और फिर शांत हो गया। मैंने उसे बताना चालू किया कि मेरे साथ क्या हुआ। जब उसने मेरी बात सुन कर आह भरी तो एक बार फिर से एहसास हुआ कि मुझसे कितना बड़ा गुनाह हो गया था। मैं बुरी तरह से बिखर गया।

जब कहने को कुछ नहीं रहा तो कारवाँ के मुखिया ने कंधे पर हाथ रख दिया, "यह तो भारी विपदा है। अल्लाह तुम्हें सब्र दे। पर जो हो गया, सो हो गया। अब तुम कुछ नहीं कर सकते।"

"सो तो है। मैंने उसका चेहरा देख कर कहा। मुझे भी अपनी जान दे देनी चाहिए। पहले दिमाग में क्यों नहीं आया? बस यही एक हल है। मुझे अपनी जान देनी होगी।" मैंने अपनी बात पर ज़ोर देते हुए कहा।

"क्या इससे तुम्हारी बीवी वापिस आ जाएगी? माना तुमने बहुत बुरा किया पर अगर सच जानते तो ऐसा कभी न करते। यह एक हादसा था।"

"यह कोई हादसा नहीं था। यह क़त्ल है, बस क़त्ल।" मैं रोते हुए बोला।

"तुम अपने साथ इंसाफ़ नहीं कर रहे।" वह बोला।

यही एक हल बचा है। मैंने उसकी पेटी से चाकू खींच लिया।

"नहीं। उसने मेरा हाथ पकड़ कर कहा। अगर तुमने ऐसा किया तो सच में क़ातिल बन जाओगे। तुम्हें सब्र रखते हुए सहना होगा।"

"मैं इतनी तकलीफ़ कैसे सहन कर सकता हूँ?" मैंने कहा।

"यही तुम्हारा प्रायश्चित है। अपनी जान ले कर उस गुनाह से नहीं बच सकते, जो तुमसे हो गया है। तुम्हें जीते-जी इसके नतीजे भुगतने होंगे।"

उस वक़्त मुझे उसकी बातों पर यकीन नहीं हुआ। पर फिर भी मैंने अपनी जान नहीं ली। मुझे लगा कि उसकी बात में दम था। मुझे अपने गुनाहों की क़ीमत तो अदा करनी ही होगी।

टोपी वाले की आँखें भर आईं। उसने अपने आंसू पोंछ कर सनोबर के पेड़ तले बनी दो क़ब्रों की ओर इशारा किया। "मेरी बीवी और बेटा वहीं लेटे हैं। जब भी बाज़ार लगता है और मैं अपने हाथ से बनी टोपी बेचने लगता हूँ तो वे भीड़ में दिखते हैं। वे अपनी गर्दनें लटकाकर पूछते हैं, तुमने हमारे साथ ऐसा क्यों किया? हम पर इल्ज़ाम क्यों लगाया? मैं माफ़ी भी नहीं माँग पाता कि वे अपनी क़ब्रों की ओर उड़ जाते हैं। मेरा बेटा अपनी क़ब्र को छूता है तो ज़मीन खुल जाती है और वे दोनों झट से अंदर चले जाते हैं। मैं उनके पीछे जाने की कोशिश करता हूँ पर ज़मीन मुझे अंदर नहीं आने देती। मैं वहीं क़ब्रों के बाहर खड़ा रह जाता हूँ। मेरे पास बिलख-बिलख कर रोने के सिवा कोई चारा नहीं बचता।"

सुलतान और वज़ीर उसके आगे अवाक खड़े थे। लंबी चुप्पी के बाद सुलतान ने कहा, "शायद तुम पहले ही बहुत भुगत चुके हो। अब तुम्हें नए सिरे से ज़िन्दगी शुरू करनी चाहिए।"

टोपी वाले ने लाल आँखों से सुलतान को देखते हुए सिर हिलाया। "तुम समझे नहीं? ये दोनों क़ब्रें मेरे अंदर हैं। इनसे बचने का कोई रास्ता नहीं है। मैं मरते दम तक यह क़ीमत अदा करता रहूँगा।"

सुलतान और वज़ीर को लगा कि वे उसके लिए और कुछ नहीं कर सकते। टोपी वाला वहीं बैठा रहा और वे दोनों पूरे पाँच दिन के सफ़र के बाद मुअज्ज़िन के पास लौटे।

पाँचवें दिन की शाम वे सीधा उसके घर पहुँचे और घंटी बजाई। वह उन्हें देख कर खुश हुआ और अपने घर के अंदर बुलाया। वे दोनों थकान से चूर हो रहे थे इसलिए उसका न्यौता ले लिया। जब मेहमानों ने तरोताज़ा हो कर पेट भर खाना खा लिया तो मुअज्ज़िन ने उन्हें सवालिया निगाहों से देख कर पूछा, "तो बताइए मुझे, क्या आपको टोपी वाले की कहानी पता चली?"

सुलतान और वज़ीर के चेहरे पर मिले-जुले भाव खेल गए। टोपी वाले की कहानी ने उन्हें असमंजस में डाल दिया था पर वे जानते थे कि अगर यह क़िस्सा नहीं कहा तो उन्हें अजान देने वाले की कहानी भी पता नहीं चलेगी। आख़िर में वे क़िस्सा सुनाने लगे।

मुअज्ज़िन भी सुनते-सुनते रोने लगा और बोला, "यह ज़िन्दगी सज़ा है या तोहफ़ा?"

"यह तोहफ़ा ही है पर हम इंसान इस तोहफ़े का मज़ा लेने के बजाए खुद को सताते हैं," सुलतान ने कहा।

"तुमने ठीक कहा। हम इंसान वाकई अजीब होते है। इतने बड़े-बड़े सपने सजाते हैं, कला के सुंदर नमूने बनाते हैं कि देखने वाला दंग रह जाए पर कई बार इतनी हड़बड़ाहट और ज़ल्दबाज़ी दिखाते हैं कि यह यकीन करना मुश्किल हो जाता है कि ऐसा बर्ताव करने वाले इंसान ने भी कभी इतनी सुंदर चीज़ें बनाई होंगी।"

"तुम्हारे पास भी कुछ दिलचस्प तज़ुर्बे होंगे। सुलतान ने कहा। उम्मीद करता हूँ कि तुम्हारे क़िस्से में तकलीफ़ नहीं छिपी होगी।"

"शुक्र है कि मेरी कहानी इतनी दुःखद नहीं है," वह बोला।

"तो अब इस राज़ से पर्दा हटा दो," सुलतान ने कहा।

"क्या आप लोग थके हुए नहीं हैं?" उसने अपने मेहमानों से पूछा।

"जानने की इच्छा थकान से ज्यादा है।" सुलतान ने कहा।

"तब तो आप गौर से सुनिए।" और फिर मुअज्ज़िन अपनी कहानी सुनाने लगा।

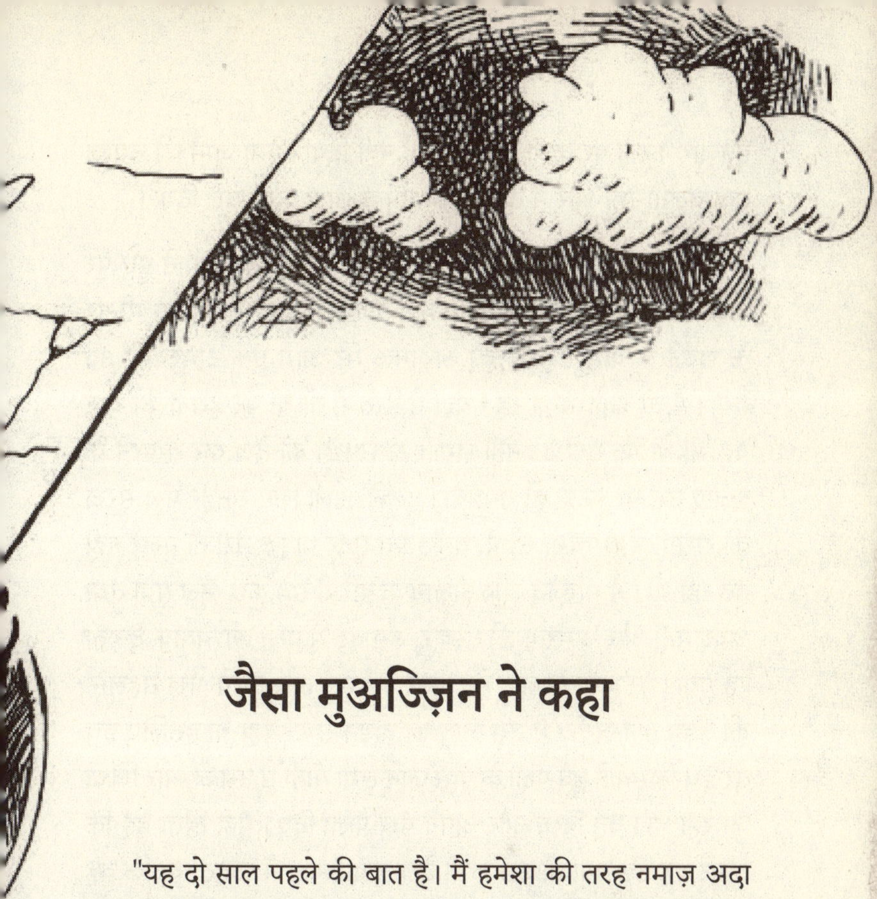

जैसा मुअज़्ज़िन ने कहा

"यह दो साल पहले की बात है। मैं हमेशा की तरह नमाज़ अदा करने के लिए मस्जिद की ओर जा रहा था। अभी दिन निकला ही था। जब मैं कोहरे से भरी सड़कों से होते हुए निकला, तो ऐसा लगा कि जैसे कोई मेरा पीछा कर रहा हो। मैंने रुक कर अपने आसपास सावधानी से देखा पर कोई दिखाई नहीं दिया तो मैं आगे चल दिया। हालांकि बाद में भी मेरे दिमाग से यह बात नहीं निकली। बड़ी दिलचस्प बात है, हालांकि किसी के पीछा करने का एहसास और मज़बूत होता गया पर मैं कभी नहीं जान सका कि वह कौन था जो मेरा पीछा कर रहा था। कई बार मैं अचानक चलते-चलते मुड़ कर देखता या वहीं कोने में खड़ा हो कर

इंतज़ार करता पर कभी कोई दिखाई नहीं दिया। ऐसा जुम्मे की नमाज़ तक चलता रहा और मैं दोपहर की नमाज़ अदा करने चल दिया।

मैं अकसर नमाज़ पढ़ने से पहले मीनार का चक्कर लगाते हुए पूरे शहर का मुआयना करता हूँ। उस दिन मैं ऐसा ही कर रहा था, पर मीनार के छज्जे के पास टहलते हुए अचानक मेरे आगे एक अमरपंछी आ गया। मैं तो हक्का-बक्का रह गया। मैं हैरत में तो था पर हैरानी की बात यह भी थी कि मुझे डर नहीं लगा। अमरपंछी को देख कर मैं डरने के बजाए उस पर फ़िदा हो गया था। हल्की लाली लिए सुनहरे पंख सूरज की रोशनी में चमचमा रहे थे, वह इतना सुंदर था कि मेरी तो नज़रें नहीं हट रही थीं। मैं मस्जिद और अजान के बारे में सब कुछ भूल गया तथा अक्लमंदी और अमरता की तस्वीर, उस बड़े से पक्षी को अवाक देखता रह गया। पर कुछ देर बाद मेरे अंदर उसे छूने और उसके पंख सहलाने की तड़प होने लगी। मैं उस जादू को तोड़ने से डर रहा था इसलिए इंच दर इंच खिसकते हुए पक्षी के पास जाने लगा मानो मैं उसकी ओर खिंचा जा रहा था। वह हिला और अपने पंख फैला दिए। मुझे चिंता हुई कि अगर वह उड़ गया तो उसे कभी देख न पाऊंगा। मैं चाहता था कि वह वहीं मीनार पर रहे और मैं उसे हमेशा ऐसे ही देखता रहूँ। पर पक्षी घबरा कर इधर-उधर देखने लगा मानो उड़ने के लिए तैयार हो रहा हो। मैंने झट से फ़ैसला किया और उसकी ओर लपका पर तभी कुछ ऐसा घटा जिसके बारे में सोचा तक नहीं था। वह अमरपक्षी कुछ मीटर उछला और मेरी ओर आ गया, इसके बड़े से डैनों ने मुझे कंधों से उठा लिया। हम एक साथ ऊपर उठने लगे। जब हम उड़ने लगे तो मैं डर के मारे पाँव पटकने लगा। मेरा डर बेबुनियाद था। पक्षी इतना ताकतवर था कि वह मुझे ऐसे अपने साथ घसीट लाया था जैसे मैं कोई बेवज़न चीज़ होऊँ।

देखते ही देखते मेरा शहर दिखाई देना बंद हो गया। अमरपक्षी

और ऊँचा उड़ने लगा। हम झक्क सफ़ेद बादलों से होते हुए जाने लगे और फिर उनके बीच एक गहरा नीला आकाश दिखा, जहाँ हमारा सामना सूरज की तीखी किरणों से हुआ। शुक्र है, मैं अमरपक्षी तले था; उसकी छाया ने मुझे तेज़ रौशनी से बचा लिया। जिसके लिए मैं उसका एहसानमंद था।

हम घंटों उड़ान भरते रहे। हम कई नदियों, पहाड़ों और समंदरों से हो कर गुज़रे। धीरे-धीरे, एक पहाड़ दिखने लगा। उसकी चोटी तो बादलों से भी ऊँची थी। अमरपक्षी उसकी चोटी की ओर जाने लगा। जब हम पास गए तो मैंने देखा कि वह एक सोया हुआ ज्वालामुखी था हालांकि उसका मुँह इतना बड़ा था कि वह एक पूरे मुल्क को निगल सकता था। अमरपक्षी उसके अंदर जाने लगा। हम एक बड़े से जंगल में उतर रहे थे जिसमें तरह-तरह के हरे भरे पेड़ थे। कुछ देर उसी जंगल के ऊपर उड़ते रहे। फिर अचानक, जिस जगह पेड़ बहुत घने थे, हमारे सामने एक आलीशान महल आ गया।

अमरपक्षी आराम से नीचे उतरा और मुझे महल के बाग में ऐसे खड़ा कर दिया जैसे मुझे चोट पहुँचाने से डरता हो। ज्यों ही मेरे पैर ज़मीन पर टिके, अमरपक्षी उड़ा और एक बड़े से ताड़ के पेड़ पर जा बैठा। शायद वह उसका घोंसला था। इसके बाद उसने मेरी ओर इतना ध्यान नहीं दिया, बस बीच-बीच में सिर उठा कर देख लेता कि मैं क्या कर रहा हूँ। जहाँ तक मेरा सवाल था, मैं धीरे-धीरे महल की ओर बढ़ा ताकि उस नए देश और अनजानी ज़मीन का मुआयना कर सकूँ।

महल एक बड़े से तालाब में बना था जिसमें कमल के फूल तैर रहे थे। खुशबूदार, रंगीन फूल, कई फूल तो कभी देखे तक नहीं थे। उन फूलों ने झुक कर, मेरे लिए आगे जाने का रास्ता बना दिया। मैंने आगे

जा कर देखा कि दो हंस पानी में तैर रहे थे, वे इतने चमकदार थे कि उनके अंदर गहराई तक देखा जा सकता था। हंसों ने पंख फड़फड़ाने के बाद अपनी लंबी और नाज़ुक गर्दनें फैलाईं, मानो मेरा स्वागत कर रहे हों। मैंने कैसे जाना कि वे क्या कह रहे थे। ख़ैर, वे चमकदार आँखें जिस लगाव और अपनेपन से मुझे देख रही थीं, उससे यही लगता था।

जब मैं बाग के बीच में खड़ा चारों और बड़ी हैरानी से देख रहा था तो महल की सीढ़ियों पर एक लड़की दिखाई दी। वह सीढ़ियों से उतर कर, मेरे पास आई और मैंने देखा कि वह कितनी गोरी थी। लंबी पलकों के नीचे से हरी आँखें मुझे ही ताक रही थीं।

"स्वागत है," वह बोली।

"शुक्रिया।" मैंने मुश्किल से कहा, उसकी खूबसूरती के आगे मुँह से शब्द ही नहीं निकल रहे थे।

"तुम्हें जिस तरीके से इस जगह लाया गया, उसके लिए माफ़ी चाहूँगी।" उसने हँसते हुए कहा। मानो वह अपनी ख़ूबसूरती के लिए माफ़ी माँग रही थी।

"अरे ऐसी कोई बात नहीं। मुझे इस जगह आने में कोई परेशानी नहीं हुई।" मैंने खुद को दिलासा दिया।

"मुझे खुशी है कि तुम्हें ऐसा लगा। अगर अनजाने में भी तुम नाराज़ हो जाते तो मुझे भी अच्छा न लगता क्योंकि तुम एक बहादुर और ईमानदार इंसान हो।"

"तुमने कैसे जाना?" मैंने पूछा, "तुम तो मुझे जानती तक नहीं।"

"तुमने ग़लत कहा। मैं तुम्हें अच्छी तरह जानती हूँ। मैं पिछले तीन महीनों से तुम पर नज़र रखे हुए थी।"

"मुझे देख रही थीं?"

"हाँ। तुम्हें देख रही थी। पर रुको, इससे पहले कि मैं तुम उलझ जाओ, अपनी पूरी बात समझा देती हूँ। आओ। इस जगह बैठते हैं, हमें बात करने में आसानी होगी।" उसने सनोबर के पेड़ के नीचे बने छोटे से बुर्ज की ओर इशारा किया।

हम उसी ओर चल दिए। मैं सब कुछ ज़ल्दी से ज़ल्दी जान लेना चाहता था। हम वहीं एक तख़्त पर बैठ गए और वह पूरी बात बताने लगी।

"यह परी सुलतान का वतन है। मैं उनकी बेटी हूँ। हो सकता है कि तुमने इस जगह के बारे में भी न सुना हो। कई साल तक, मुझे भी तुम्हारे मुल्क के बारे में कुछ पता नहीं था। मैं बचपन से ही, इस जगह की हदों से बाहर कभी नहीं गई। जब मैं बड़ी हुई, तो एक दिन मेरे अब्बा ने मुझे पास बुलाया। उन्होंने बताया कि हम परियाँ हैं और इस पहाड़ से परे दूसरे मुल्क हैं। उन्होंने यह भी बताया कि उन मुल्कों में रहने वाले इंसान कहलाते थे और वे हमसे कमज़ोर थे इसलिए उन्हें हमारी मदद की ज़रूरत पड़ती थी।"

वे बोले, "मेरी बच्ची, अब वक़्त आ गया है कि तुम इंसानों से मिलो। कल अमरपक्षी तुम्हें उस जगह ले जाएगा, जहाँ ये इंसान रहते हैं। तुम उनके बीच जाओ और सीखो कि वे क्या बातें तथा क्या काम करते हैं। तब तुम इंसानों की जात को अच्छी तरह जान सकोगी। अगर ज़रूरत पड़े तो उनकी मदद कर सकोगी। पर कभी अपनी पहचान ज़ाहिर मत

करना और ऐसा कोई बर्ताव न करना जिससे तुम्हारे लिए परेशानी खड़ी हो जाए।" मैंने उनकी बात ध्यान से सुनी। इसका मतलब था कि हमारी दुनिया से परे भी कोई दुनिया थी। मैं सोचने लगी कि इंसान कैसे होते होंगे और क्या वे हमारी तरह दिखते होंगे। मेरे अब्बा ने उन सवालों के ज़वाब नहीं दिए। "जाओ, कल खुद ही देख लेना।" वे बोले।

उस रात मुझे बेताबी के मारे नींद नहीं आई; मैं बेचैनी से सुबह होने के इंतज़ार में थी। खिड़की पर सूरज की पहली किरण आते ही मैं उठ गई। मैं तैयार हो कर नीचे आई। अमरपक्षी बाग में मेरा इंतज़ार कर रहा था। उसने अपना पंख ज़मीन पर फैलाया और मैं उस पर चढ़ गई। फिर मैं उसकी पीठ पर लेट कर, उसके कान में बोली, 'चलो, अब चलें।'

ज्यों ही उसने मेरी आवाज़ सुनी, हम हवा में उड़ने लगे और देखते ही देखते हम बादलों पर सवार थे। तुम्हारे शहर में आने तक कोई इंसान नहीं दिखा था। फिर नीचे रास्तों पर चलते छोटे-छोटे जिस्म दिखाई दिए जिनमें फ़र्क करना भी मुश्किल था। अमरपक्षी बादलों से नीचे की ओर आया। पहली बार तुम्हें मैंने वहीं देखा, तुम मीनार पर चढ़ कर कुछ गा रहे थे।

"वह गाना नहीं था। मैं अजान दे रहा था," मैंने एतराज़ किया।

"एक गीत, एक अजान, इनमें फ़र्क ही क्या है क्या दोनों ही खूबसूरत नहीं होते?"

मुझे लगा कि शायद वह सही कह रही थी। मैं कुछ नहीं बोला। वह आगे की कहानी सुनाने लगी।

मैं अमरपक्षी के कान के पास झुकी और उसे नीचे उतरने को कहा। हम मीनार के पास आ गए। मैं तुम्हें देख सकती थी पर मेरी ओर पीठ

होने की वजह से चेहरा नहीं देख सकी। मैं तुम्हें दिलचस्पी से देख रही थी। और फिर अचानक तुम मेरी ओर पलटे।

"तब तो मैंने भी तुम्हें देख लिया होता।" मैं बीच में बोला

"नहीं, तुम नहीं देख सके क्योंकि हम दोनों के बीच बादल आ गया था। और जब तुम मुड़े, तब भी तुम्हारी आँखें बंद थीं, तुम तब भी अपनी अजान दे रहे थे। अचानक ही मेरा दिल तेज़ी से धड़कने लगा। मैं सोचने लगी कि मेरे साथ ये क्या हो रहा है? मैं इसे समझ नहीं पाई पर इस एहसास का बड़ा मज़ा आ रहा था। मैंने अमरपक्षी से नीचे उतरने को कहा। वह आराम से नीचे आने लगा। फिर वह एक ही जगह थम कर अपने पंख धीरे-धीरे हिलाने लगा। मैं तुम्हें देखने में मग्न थी। मैं यह भी देख रही थी कि इंसान किस हद तक हमारी तरह थे। हम हमेशा आसमान में तो रह नहीं सकते थे। तुम्हारी अजान पूरी हो गई और तुम मीनार से नीचे उतरने की तैयारी में थे। पर मैं तुम्हारे पास से हटना नहीं चाहती थी। अगर मेरे अब्बा ने मुझे अपनी पहचान छिपाने को न कहा होता तो शायद मैं उसी वक़्त नीचे उतर कर, तुमने मिलने का कोई तरीका ख़ोज लेती। ख़ैर, जब तक तुम मीनार से नहीं उतरे, मैं तुम्हें ही ताकती रही। फिर मैंने अमरपक्षी से हौले से कहा, 'चलो, चलें।' हम तेज़ी से आगे बढ़े और उसने मुझे एक सुरक्षित जगह पर उतार दिया। अब मैं इंसानी चोला पहन कर, इंसानों के बीच जाने वाली थी ताकि वे मुझे पहचान न सकें।"

"इतनी हैरानी मत दिखाओ। समय के साथ-साथ सब समझ जाओगे। परियाँ अपनी मर्जी से कोई भी रूप धर सकती हैं। मैं सड़कों पर हर नौजवान के पास से निकलते हुए, गलियों में घूमती रही। मैंने अमीरों के आलीशान घर, गरीबों की गंदी बस्तियों में बने घर और

तरह-तरह के सामानों से लदे बाज़ार देखे। मैंने अमीरों और गरीबों से बातचीत की। मैंने कलाकारों, सिपाहियों, नेताओं और किसानों के दिलों में झाँका। इंसानी फ़ितरत और इसके नसीब का पता लगाया। हालांकि अपनी ज़िन्दगी के सबसे अहम काम में लगी थी पर सच कहूँ तो तुम्हारा चेहरा आँखों से ओझल ही नहीं हो रहा था। जब शाम को मैंने अपना काम पूरा कर लिया, वह सब सीख लिया जो सीखना था, तो मैं उसी मस्जिद के पास वापिस आई, जिस जगह तुम्हें देखा था। मुझे उम्मीद थी कि शायद तुम दोबारा दिख जाओ। जब तक तुम गली के दूसरे छोर से आते नहीं दिखे, मैंने हार नहीं मानी। फिर तुम्हें पास से देखने पर समझ आया कि तुम पहली ही नज़र में इतना क्यों भा गए थे। तुम्हारा दुबली काठी, गोरी चमड़ी पर आबनूसी सी काली जगमग करती आँखें और ये हल्की सी दाढ़ी; यह सब कितना जँचता था... यहाँ तक हम परियों के बीच भी, मैंने कभी तुम जैसा सुंदर आदमी नहीं देखा था। मैं तुम्हारे पास आ गई। मैं तुम्हारी आँखों में छिपे राज जानना चाहती थी, उनमें डूब जाना चाहती थी। और मैंने वही किया। जब मैंने तुम्हारी गहरी और काली आँखों में झाँका जो किसी चिंगारी की तरह चमक रही थीं तो मैं समझ गई कि तुम्हारे अंदर कोई भी बुराई नहीं बस सकती थी। तुम पूछ सकते हो कि मैं यह सब इतने यकीन से कैसे कह सकती थी। यह भी परियों की एक और खूबी होती है। हम किसी इंसान की आँखों में देख कर उसके स्वभाव और फ़ितरत को जान लेती हैं। मुझे पता है कि इंसानों की आँखें झूठ बोलती हैं पर परियों को सच और झूठ का फ़र्क करना आता है। पूरे शहर में ऐसा कोई इंसान नहीं दिखा जिसमें तुम्हारी तरह ईमानदारी हो। दूसरों की आँखों में मुझे डर, दिखावा और खुदगर्ज़ी ही दिखाई दी।"

"तुम मेरे वतन के लोगों को बेइज़्ज़त कर रही हो," मैंने ऐतराज़ किया।

"मेरा यकीन करो," वह बोली, "मैं ऐसा नहीं कर रही। बड़े अफ़सोस से कहना पड़ता है कि यही सच है। आदम जात अच्छी नहीं है। हो सकता है कि यह इतनी बुरी भी न हो। बस कभी भली और कभी बुरी पर आमतौर पर बुरी। इनके अंदर ख़ुदगर्ज़ी बसी है। अगर इन्हें सही रास्ता दिखाया जा सके तो ऐसे इंसान बन सकते हैं जो बस अपने बारे में नहीं सोचेंगे बल्कि अपने साथ रहने वालों या दूसरे जीवों के हक़ की भी परवाह करेंगे। ऐसे लोग भी होते हैं और तुम उनमें से एक हो।

"तुम गलत कह रही हो," मैंने कहना चाहा, "सभी लोग अच्छे होते हैं। कई लोग शैतान के धोखे की वजह से राह भटक जाते हैं ... ।"

"इंसान के अंदर बसा शैतान फ़रिश्ते से अलग नहीं है। वह बोली। यह लोगों की अपनी मर्जी है। तुम अपने पापों का बोझ शैतान पर डालने की ग़लती मत करो।"

मैं उसकी बात सुन कर चकरा गया। मैं तो पहली बार ऐसी बात सुन रहा था और इंसानों के बारे में कभी इस तरह सोचा ही नहीं था।

वह आगे बोली, "तुम दूसरे लोगों से अलग हो पर बात और भी है। जब तुम्हें पहली बार मीनार की छत पर देखा, तो ऐसा ही लगा कि तुम्हें देख कर जो एहसास पैदा हो रहा था, शायद तुम्हारी नेकी की वजह से था। यह एक बड़ा अलग सा एहसास था जिसके बारे में, मैं यकीन से कुछ नहीं कह सकती थी। यह इतना गहरा था कि मैं डर गई। जब मैं परियों के देश वापिस गई तो लगा कि इसका असर ख़त्म हो जाएगा पर इसके ठीक उलट हुआ। यह एक जुनून में बदल गया। दिन भर तुम्हारे ही बारे में सोचती रहती।

एक हफ़्ते बाद, मैंने अपने अब्बा से कहा कि मैं फिर से इंसानों के बीच जाना चाहती हूँ। शायद उन्हें मेरी बातों से कुछ शक़ हो गया होगा, वे बोले, "ऐसी क्या बात है? तुम फिर से उस शहर में क्यों जाना चाहती हो? तुम कुछ दिन पहले ही तो हो कर आई हो। क्या कुछ हुआ है?"

"नहीं, ऐसी कोई बात नहीं," मैंने इंकार किया, "पहले दौरे में, मन में कुछ सवाल आए थे। मैं उनके ज़वाब खोजना चाहती थी।" उनके चेहरे पर शक़ के साए मंडराते रहे पर उन्होंने बात को ज़्यादा नहीं बढ़ाया।

मैं शहर लौटी और तुम्हारे घर के बाहर इंतज़ार करने लगी। हर गली में तुम्हारे कदमों का पीछा करती रही। तुम्हें दूर से देखने पर भी मन को खुशी मिल रही थी। पर मेरे पास इतना वक़्त नहीं था और मुझे वापिस परिस्तान लौटना था।

उस बड़े से ज्वालामुखी को पार कर, घर पहुँचते ही तुम्हारे लिए मेरा प्यार और भी परवान चढ़ने लगा। अभी कुछ ही दिन हुए थे कि मैंने अपने अब्बा के आगे फिर से इंसानों के बीच जाने की बात कही। वे मुझे बड़ी देर तक देखने के बाद बोले, "सच-सच बताना, मेरी बच्ची। तुम किसी से प्यार करने लगी हो, यह सच है न?" मैं कुछ कह नहीं सकी और उन्होंने मेरी चुप्पी से अंदाज़ा लगा लिया। "मेरी बच्ची, तुम ऐसा नहीं कर सकतीं। वे बड़े ही अफ़सोस से सिर हिला रहे थे। तुम उन लोगों से अलग हो। वह तुम्हारी तरह ताकतवर नहीं बल्कि ऐसे जीव हैं जिन पर तरस खाना चाहिए। तुम एक साथ नहीं रह सकते।"

मैं अब्बा से बिना कुछ कहे अपने कमरे में आई और दरवाज़ा बंद कर लिया। मैंने किसी से भी मिलने से मना कर दिया पर दो दिन बाद अब्बा ने फिर से अपने पास बुलाया।

वे बोले, "ठीक है, मैंने एक बाप के तौर पर अपना फ़र्ज़ पूरा किया और तुम्हें चेता दिया है। अगर तुम उस आदमी को इतना ही चाहती हो तो अमरपक्षी को भेज कर, उसे यहीं बुलवा लो। वह चालीस दिन तक यहीं रहेगा। वह उन चालीस दिनों तक अपनी मर्जी से कुछ भी कर सकता है, बशर्ते वह तुम्हें नहीं छुएगा। अगर वह चालीस दिन तक सब्र रखते हुए तुम्हें हाथ नहीं लगाता, तो मैं चालीस दिन और चालीस रात चलने वाली शादी में तुम दोनों की शादी करवा दूँगा। अगर उसने चालीस दिन पूरे होने से पहले तुम्हें छुआ तो उसे वहीं भेज दिया जाएगा, जिस जगह से आया है और तुम उससे दोबारा कभी नहीं मिल सकोगी। अगर ये शर्तें मंज़ूर करती हो तो उसे यहीं बुलवा देता हूँ।"

मैंने बड़ी खुशी से उनकी पेशकश पर हामी भर दी हालांकि अब्बा फ़िक्रमंद दिखे।

"अगर तुम्हारी जगह मैं होता तो इतनी ज़ल्दी जश्न न मनाता। वे बोले। उम्मीद करता हूँ कि सब कुछ तुम्हारे मन मुताबिक़ हो पर अगर सच पूछो तो ऐसा कम ही होता है।"

मैंने उनकी एक न सुनी; मेरी असल चिंता यह थी कि तुम मुझे पसंद करोगे या नहीं। असल में, तुम्हें तो यह सब पता भी नहीं था। मैं ही हवाई किले बना रही थी ...

परी ने एक पल के लिए बोलना बंद किया और मेरी ओर सवालिया निगाहों से देखा। वह मेरे चेहरे को ताक रही थी। "कौन जाने? शायद तुम किसी और को चाहते हो?" फिर वह बोली।

"नहीं, नहीं। मैं किसी को नहीं चाहता।" मैं झट से बोला और फिर अपनी हड़बड़ाहट पर लजा गया। परी के चेहरे का उछाह छिपा नहीं

रहा। यह देख कर मैं आगे बोला, "मतलब, तुम कितनी प्यारी और दिलक़श हो कि तुम्हें देखते ही पहली नज़र में प्यार हो गया।"

परी की आँखों की चमक खुशी के आंसुओं में बदल गई। "तब तो तुम समझ सकते हो कि इस समय मुझे कितनी खुशी हो रही होगी।" वह हकला कर बोली।

मैं उसे अच्छी तरह समझ गया क्योंकि मेरा भी वही हाल था। अपने एहसास बयाँ कर पाना नामुमकिन था। फिर भी मुझे कुछ तो कहना ही था। मैं अपनी पूरी कोशिशों के बावजूद बस एक शब्द कह सका, हाँ। इससे पहले कभी मेरी ऐसी हालत नहीं हुई थी। कोई अनजानी ताकत मुझे उसकी ओर खींच रही थी। मैं उसकी नाज़ुक देह को बाँहों में भरने ही वाला था कि परी सुलतान की कही बात याद आ गई। मुझे अपने पर क़ाबू रखना था। मैं दूसरी ओर देखने लगा।

"आओ, परी ने कहा, उसे मेरी हालत का अंदाज़ा नहीं था। आओ, तुम्हें महल दिखाती हूँ।"

महल अंदर से और भी सुंदर था। उसके आगे, हमारे सुलतान का महल तो लकड़हारे की झोंपड़ी सा लगता था। सारा फ़र्श लाल और सफ़ेद संगमरमर से बना था। पर यह मत समझना कि महल में पत्थरों की ठंडक ही थी। चमचम करते फानूसों तले, हज़ारों टांकों से बारीकी से बुने कालीन बिछे थे, लंबे गलियारों में चीनी फूलदान सजाए गए थे और हाथी दांत से बना छोटा-मोटा सामान, हर चीज़ पहली चीज़ से कहीं खूबसूरत थी। उन्हें इस तरह संजोया गया था कि महल में कदम रखने वाला इस चकाचौंध के बीच कहीं खो सा जाता। इतने आलीशान महल में शाही घमंड या दिखावे की बू तक नहीं थी। सोने और रंगीन कांच से बनी खिड़कियों से सूरज महल में झांक रहा था और फ़र्श पर रंगों का

समाँ सा बँधा था। हम कुछ देर उन्हीं रंगों की छटाओं के बीच महल में घूमते रहे। वह सब देख कर मेरा मुँह खुला का खुला रह गया पर जब मुड़ कर परी को देखा तो एहसास हुआ कि जिससे प्यार करने लगा था, उसकी खूबसूरती के आगे यह सब कुछ नहीं था। एक ऐसा समय भी आता है जब इंसान कला की महान चीज़ों से भी परे हो जाता है। पर परिस्तान की शहज़ादी को देखने से कभी मन नहीं भर सकता था। कुछ ही देर बाद महल में रखी चीज़ों के बजाए मेरा ध्यान बार-बार परी की ओर जाने लगा और उसने यह चीज़ भांप ली।

"चलो, बाकी की सैर कल पूरी कर लेंगे।" उसने मुझे मेरा कमरा दिखाने से पहले कहा। उसने कहा कि मैं आराम करूँ और वह मुझे बाद में बुला लेगी। कमरे में अकेला होते ही पलंग पर लेटा और परी के मीठे ख़्यालों में खो गया। मैं कुछ देर पहले की सारी बातें दोहराता रहा और धीरे-धीरे आँख लग गई। पता नहीं, कितनी देर सोता रहा, वह मुझे उठाने आई थी। मुझे चालीस दिन तक सुलतान से नहीं मिलना था और मुझे इस बात से कोई परेशानी नहीं थी। सच कहूँ तो अंदर से डरा भी हुआ था। परी सुलतान की बेटी से इतना प्यार हो गया था मैं अपने डर को खुद पर हावी नहीं होने देना चाहता था। वैसे भी डरने वाली क्या बात थी। उसकी बेटी और मुझे आपस में प्यार था। सुलतान उसके ख़िलाफ़ नहीं था, बस उसकी शर्त पूरी होनी चाहिए। मुझे पूरे चालीस दिन तक उसकी शर्त के हिसाब से चलना था और ऐसा करना इतना मुश्किल भी नहीं था। इससे पहले कि मैं जान पाता, पहले दस दिन बहते पानी की तरह बीत गए। मैंने उन्हें अपनी दिलबर के साथ बातें करते हुए बिताया, मैं उसे और बेहतर समझना चाहता था। हालांकि ग्यारहवें दिन परी की खूबसूरती का जादू मुझे गुमराह करने लगा।

हम महल के बागों में टहल रहे थे, एक ताल के पास ही गुलाबों का घेरा था और उसमें पीले रंग की मछलियाँ तैर रही थीं। मेरे दाईं ओर, परी हौले से झुकी और लाल गुलाब की पंखुड़ियों को हौले से छुआ। उसके काले घुंघराले बाल चेहरे पर फैल गए। होंठ थोड़े से खुल गए। चीनी मिट्टी से बना ताल, गुलाब और आसपास चारों ओर फूलों की गंध... उस पर उस नाज़ुक परी की खूबसूरती.. मैंने अपना आपा खो दिया और अपना किया हुआ वादा भुला दिया। मैं उसके और पास चला गया। उसने देख लिया कि मैं क्या कर रहा था, उसने झट से पैर पीछे हटा लिया। "क्या कर रहे हो तुम?" उसने मुझे फ़िक्र से देखते हुए कहा। उसकी आवाज़ सुन कर मेरी सुध वापिस आई।

"कुछ नहीं।" मैं खुद को संभालते हुए बोला।

"जो भी करो, बस सब्र रखना।" उसने प्यार से कहा, "क्या तुम्हें लगता है कि मैं तुम्हारे पास नहीं आना चाहती? हमारे पास कोई और चारा नहीं है। बस एक ही महीना बचा है। एक महीने बाद हमारी शादी हो जाएगी। फिर हम हमेशा के लिए एक हो कर, हमेशा अपने दिल की सुनेंगे।"

उसने ठीक कहा था। मुझे अपनी बेसब्री पर शर्मिंदगी हुई। "ऐसा दोबारा नहीं होगा।" मैंने वादा किया। अगले ही दिन से मैं पूरी कोशिश करने लगा कि उससे दूरी बनी रहे। उसके काले घुंघराले बाल और गेहुआँ रंग मुझे अपनी ओर खींचते रहते। जब मेरे लिए सहन करना मुश्किल हो गया तो मैंने अपनी आँखें बंद रखने लगा। उसके साथ रहना भी सज़ा लगने लगा था। मेरा मन इस भटकन से बचना चाहता था पर अपनी तड़प दबा नहीं पा रहा था।

इक्कीसवें दिन मैं टूट गया, "अगर तुम बुरा न मानो तो अगले पंद्रह दिन हम आपस में नहीं मिलेंगे। मैंने अपनी ओर से हल दिया।"

उसके चेहरे पर उदासी छा गई। मैं उसे नाराज़ नहीं करना चाहता था पर मेरी परेशानी का यही एक हल था। उसने हौले से कहा, "ठीक है, जैसा तुम कहो।"

"मैं अब और सह नहीं सकता," मैंने कहा, "अब मैं समझ गया कि तुम्हारे अब्बा की लगाई ये पाबंदी कितनी कड़ी है।"

उसने मुझे दिलासा देते हुए कहा, "बस कुछ ही दिन की बात है। हमें थोड़ा और सहन करना होगा।"

मैंने जीभ निकाल कर सिर हिलाया, कह नहीं कह सकता कि ऐसा मैंने अपने लिए किया था या उसके अब्बा के लिए।

"अगर तुम्हें यही सही लगता है तो हम कुछ दिन तक नहीं मिलेंगे," उसने धीरे से कहा।

मैं उसकी उदासी भांप कर बोला, "मैं तुमसे एक पल को भी दूर नहीं रहना चाहता पर यह मुझ पर भारी पड़ रहा है। अगर कुछ दिन नहीं मिलेंगे तो हमारे लिए आसानी होगी।" मैंने ज़ोर दिया।

जब कोई चारा नहीं बचा तो उसने हामी भर दी। अगले दिन मैंने अकेले ही नाश्ता किया और फिर कमरे में चला गया और दोपहर तक वहीं रहा। रात के खाने के बाद भी कमरे में ही आ गया। इस तरह तीन दिन बीत गए। मैं कमरे से बाहर ही नहीं जाता था पर पाँचवें दिन दोपहर के खाने के बाद, मैं महल के बाग में बने ताल के किनारे चला गया। तभी

लगा कि कोई आ रहा था। मुड़ कर देखा तो परी दिखाई दी। मुझे देखते ही उसकी आँखों में सराहना उभर आई। मैं उसे देख कर मुस्कुराया और शायद तभी उसे भी पास आने का हौसला हो गया।

"क्या हम बहुत दिन दूर नहीं रह लिए?" उसने भीनी सी मुस्कान से कहा।

मैंने भी उसे बहुत याद किया था। उसे छू नहीं सकता था पर हम एक-दूसरे को देख कर या बात करके तो ख़ुद को ख़ुशी दे ही सकते थे। "तुमने ठीक कहा, बहुत हो गया," मैंने हामी भरी।

और इस तरह हम पुराने ढब पर वापिस आ गए। उस कम समय में भी हम एक-दूसरे के लिए कितना तड़पे थे। हमने पहला दिन सैर और बातचीत में बिताये पर आने वाले दिन मुश्किल होते गए क्योंकि उसके लिए मेरे मन में चाहना बढ़ती ही जा रही थी। मुझे डर था कि मैं अपने को बस में नहीं रख सकूँगा। परी शहज़ादी सहज लग रही थी। मैं यह देख कर हैरान था। कोई इतने प्यार में होने के बाद भी इतने आराम से कैसे रह सकता था? शायद उसने सही कहा था कि हम इंसान कमज़ोर होते हैं या फिर परियाँ दिमाग से काम लेना जानती हैं। या दिमाग से ज़्यादा काम लेती हैं। अगर ऐसा है तो बेशक परियाँ आदमज़ात से बढ़ कर नहीं हो सकतीं क्योंकि खाली दिमाग से काम लेने पर वे इंसानों से कमतर हो जाती हैं; इंसान के पास दिल और दिमाग, दोनों का इस्तेमाल करने की खूबी है। शायद परी का प्यार असली नहीं था, कुछ वक़्त का मनबहलाव भर था। मेरे अंदर उसके लिए, उसके सुलतान अब्बा और सारी परियों के लिए गुस्सा उमड़ने लगा। उसे मेरी नाराज़गी का पता था पर वह समझ नहीं पाई कि उसे क्या करना चाहिए।

इसी तरह सात दिन और बीत गए। मैं इस बारे में और ज़्यादा सोचने लगा। परी ने अपनी मीठी बातों से मेरा दिल बहलाना चाहा पर मेरा मन नहीं बहल सका।

अडतीसवें दिन की सुबह वह मेरे पास आई और कहा, "चलो आज महल से बाहर चलते हैं। पास में ही एक झील है, वहीं घूम कर आते हैं।"

मैंने बेमन से हामी भर दी। झील पर जाना या न जाना मेरे लिए कोई मायने नहीं रखता था।

"वह एक सुंदर जगह है," उसने मेरा ध्यान अपनी ओर खींचा, "तुम्हें पसंद आएगी। हम दोनों का मन बहल जाएगा।" मेरा मन सही नहीं था बस उसके कहने से साथ चल दिया। हमारे पास टोक़री में खाने का सामान था और हम महल से निकल पड़े। हम सदियों पुराने पेड़ों के पास से निकलते हुए घने जंगल में पहुँचे। जब पेड़ कम दिखने लगे तो बनफूलों से लदी पहाड़ी दिखाई दी। पहाड़ी के उस पार आसमानी रंग की झील फैली हुई थी। मुझे लगा कि मैंने शहज़ादी की बात सुन कर अच्छा ही किया। झील की दलदल में बगुले टहलते दिखाई दिए। ठहरे हुए पानी पर कभी-कभी कोई लहर उमड़ आती, कोई दीवानी मछली सूरज की ओर उछलती और फिर से पानी में दुबक जाती। उस सुंदर नज़ारे का मुक़ाबला तो ज़न्नत से ही हो सकता था। ऐसा लगा जैसे सारी परेशानी दूर हो गई हो। बस मैं, मेरी महबूबा और झील का किनारा, कुछ और नहीं बचा था। मैं बाकी सब भूल गया। हम झील पर नीचे उतरे और चमचम करते पानी को छुआ, अंगुलियों से होती ठंडक हमारे बदन तक फैल गई। हम उस झील के साथ एक हो गए। परी मुझे मेरे पहले जैसा देखकर बहुत खुश हुई। हम कुछ देर झील के किनारे टहलते रहे और थकने पर एक पेड़ के चौड़े से तने पर बैठ गए। झील की ओर

से आने वाली मंद हवा हमें सहला रही थी। परी पीछे की ओर टेक लगा कर मुस्कुराई और पहलें मूँद कर बैठ गई। मेरे दिल में हिलोर उठने लगी। मुँह सूख गया था। मैं कांपने लगा। परी मेरी हालत से अनजान लगातार मुस्कुरा रही थी। अगर मैं उसे छू लेता तो ऐसा कौन सा पहाड़ टूट पड़ता? बस एक बार! अगर मैं परी के माथे पर आई एक लट समेट देता तो क्या उसके सुलतान अब्बा मुझे खा जाते? उन्हें कौन सा पता चल जाना था। हम इस पाबंदी को कुछ ज़्यादा ही गंभीरता से ले रहे थे। मेरे हाथ उसकी ओर बढ़े। मैंने हौले से उसके बाल सहला दिए। वह हवा और मेरे हाथ की छुअन के बीच फ़र्क नहीं कर सकी इसलिए उसने कुछ नहीं कहा। और इस तरह मैंने उसे छुआ और कुछ नहीं हुआ। मेरा हौसला बढ़ा और मेरा हाथ फिसल कर उसके गाल पर आ गया। वह झटके से उठी और आँखें खोल लीं।

"ये तुमने क्या किया?" वह अपना सिर पीछे करते हुए चिल्लाई। वह घबरा गई थी।

"किसी ने नहीं देखा। किसी ने भी नहीं।" मैं झट से बोला। पर वह उसी तरह ताकती रहीं

"सब ख़त्म हो गया। सब कुछ।"

"नहीं। कुछ ख़त्म नहीं हुआ। मैं यहीं तुम्हारे पास हूँ।" मैंने कहना चाहा, तभी धरती से एक गूँजती हुई आवाज़ सुनाई पड़ी ।होती है। लोग सही आदमी की खोज में पूरी बिता देते हैं पर जब प्यार उनके पास होता है तो इतना भी सब्र नहीं कर पाते। मुअज्ज़िन के लिए कितनी शर्म की बात है। और फिर परी शहज़ादी का क्या हुआ? वह तो शुरू से ही ग़लत कर रही थी। किसी इंसान को इस तरह अपना दिल दे देना? अब उससे क्या ही कहें, दिल तो है दिल और दिल पर किसी का ज़ोर नहीं चलता।

"सो तो है। सुलतान ने कहा। दिल तो हवा की तरह दीवाना है। अपनी मनमर्ज़ी से चलता है। बस देखो और सहन करो।"

लुहार ने समय देखा तो उसे अपने मेहमानों के आराम का ख़्याल आया। "आप लोगों का बिस्तर लगवा दते हैं। आप नींद पूरी कर लें। कल सुबह नाश्ते के बाद मैं आपको अपनी कहानी सुनाऊँगा।"

सुलतान और वज़ीर इतने थके हुए नहीं थे, लुहार की कहानी जानने की तड़प ज़्यादा थी। वे यह सुन कर बोले, "हम पूरी तरह तैयार हैं। अगर तुम्हें बुरा न लगे तो हम कहानी अभी सुनना चाहेंगे।"

अपने मेहमानों की बात सुनने के बाद लुहार को लगा कि उसके पास उसी वक़्त कहानी सुनाने के अलावा कोई चारा नहीं था। इसलिए वह अपनी कहानी सुनाने लगा।

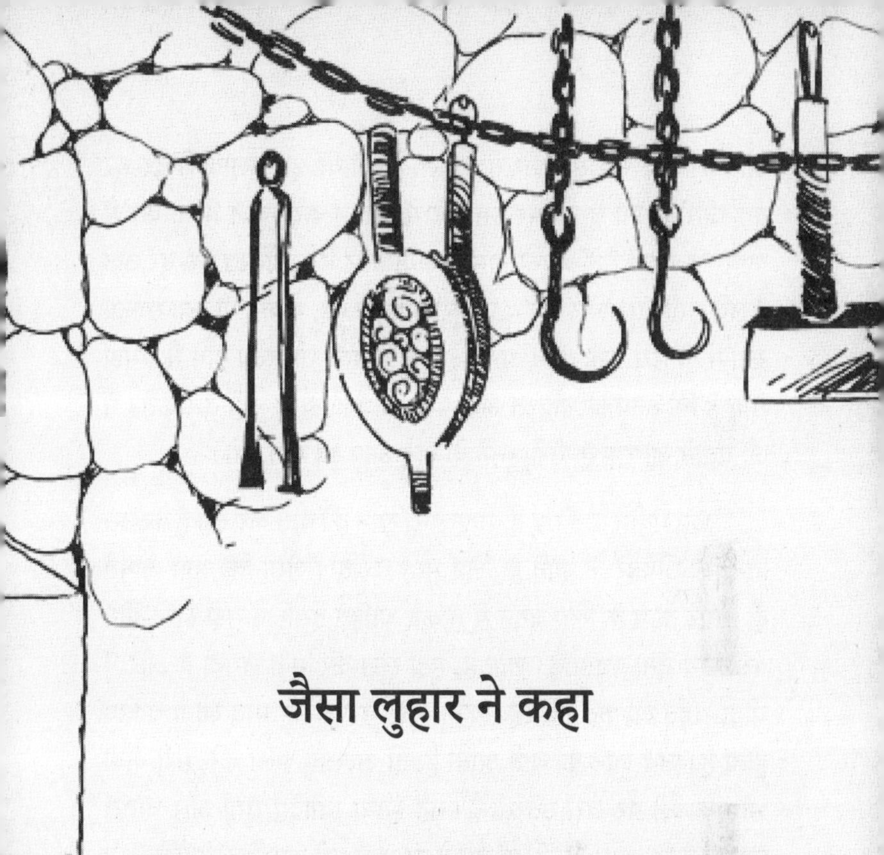

जैसा लुहार ने कहा

"मैं तो बचपन से इसी धंधे में था। मुझे शेख़ी बघारना पसंद नहीं, पर मैं सच कह रहा हूँ। इस जगह आपको मुझसे बढ़ कर लोहे का क़ारीगर नहीं मिलेगा। मैं खिड़कियों और दरवाज़ों के लिए कच्चे लोहे और सांचों से बहुत सुंदर पहाड़ी फूल बनाता हूँ, जिनके कोनों पर हाथों से बहुत ही महीन क़ारीगरी की जाती है। जो भी इन बेल-बूटों को देखता है, हैरान रह जाता है और 'वाह कमाल है!' कहे बिना रह नहीं पाता। बेशक़ ऐसा हुनर हासिल करना कोई मज़ाक नहीं था। मेरा पूरा बचपन और जवानी इसी भट्ठी के आगे बीते हैं; इसी निहाई पर काम करते-करते सिर के बाल सफ़ेद हुए। मैं अलसुबह दुकान खोलता हूँ और बंद करते-करते आधी रात बीत जाती है। मैंने जितना लोहा मोड़ा और तैयार किया है अगर

आप उसे एक से दूसरे छोर तक फैला दें, तो यह इस इलाके में दूर-दूर तक ज़मीन माप देगा। पर इस बारे में बात न करें। कुल मिला कर मैं क़ामयाब रहा। मैंने अपना नाम कमाया और मेरी शोहरत दूर-दूर तक फैलने लगी। पर फिर एक बहुत बुरी वारदात हुई, मैं कर भी क्या सकता था। न तो मेरा पेशा काम आया और न ही मेरी शोहरत। अब मैं समझ गया हूँ कि आपकी शोहरत और पेशा आपको ख़ुशी नहीं दे सकते। मैं जो बताने जा रहा हूँ, उसे सुनने के बाद आप भी मान लेंगे।"

"छह महीने बीत गए है, माफ़ करें, खाने की बात कर रहा हूँ पर उस दिन मैंने दोपहर के खाने के लिए मुर्गा खरीदा। जैसा कि आप जानते हैं, हमारे काम के लिए बदन में ताकत चाहिए इसलिए मुझे खाने-पीने पर ध्यान देना पड़ता है। शुक्र है, मुझे खुल कर भूख लगती है और मैं थोड़ा-बहुत खा कर नहीं रह सकता; मुझे भरपेट सेहतमंद खाना चाहिए होता है। जब खाने की बात आती है, तो अल्लाह भला करे, मेरी बीवी भी मुक़ाबले पर ख़री उतरती है। वह इतना स्वादिष्ट मुर्गा और चावल पकाती है कि आप अंगुलियाँ चाटते रह जाएँ। तो उस दिन बीवी के हाथ का बना यही खाना खाने की तलब उठी। मैं बाज़ार गया और एक मोटा-ताज़ा मुर्गा घर ला कर बीवी से कहा, "इसे पका दो, पका दोगी न?" फिर मैं दुकान पर वापिस जा कर काम करने लगा। दोपहर के आसपास, मेरा छोटा बेटा खाना ले कर आ गया। उसके अंदर आते ही पूरी दुकान में खुशबू फैल गई। पर मैंने काम करना बंद नहीं किया। यह एक मानी हुई बात है कि कोई भी हुनरमंद लुहार कभी भी अपने हाथ में पकड़े लोहे को ठंडा नहीं होने देता। और मैं अपने हाथ में पकड़े लोहे को बनावट देने तक काम करना चाह रहा था। खाना तो बाद में भी खा सकते थे। मैंने अपने बेटे से कहा कि खाना वहीं मेज़ पर रख दे। उसने खाना रखा और

चला गया, मैं अपना काम करता रहा। तभी खिड़की से एक काले बिल्ले को झाँकते देखा। ज्यों ही उस पर नज़र गई, मैं हाथ में पकड़ा लोहा पीटने के बजाए उसकी हरक़तों पर गौर करने लगा, अचानक दिमाग में आया, 'ओह! अब तो मेरा खाना गया।'

काले चमकदार बालों वाला बड़ा ही सुंदर सा बिल्ला था। उसकी चौड़ी हरी आँखें खाने की तश्तरी पर टिकी हुई थीं। उसने मेरी ओर देखा और ज़ोर से म्याऊँ बोला। मेरे पास उसका मन बहलाने की हिम्मत नहीं थी। मैं भूखा था, मैंने उसे 'हट!' बोलते हुए दूर भगाना चाहा। पर उसने मेरी बात को अनसुना कर दिया और दुकान के धूल से भरे फ़र्श पर पैर टिकाते हुए आगे आने लगा। बेशक़ उसकी नज़र मेरे खाने पर थी। मैंने अपनी आवाज़ तेज़ करते हुए कहा, 'हट इधर से!'

एक पल को लगा कि वह डर गया, उसने सिर उठा कर मेरी ओर देखा और वहीं थम गया। उसने अपनी हरी आँखों से जैसे ही मेरी ओर देखा तो सच कहूँ, उसकी हिम्मत देख कर दंग रह गया। असल में यह कहना ग़लत नहीं होगा कि उसकी हरी आँखों से निकलती रोशनी से मेरा दिल भी डोल सा गया। हम दोनों ही एक-दूसरे को कट्टर दुश्मनों की तरह ताक रहे थे। जब बिल्ले ने मेरी ओर से कोई डरावना रवैया नहीं पाया तो वह फिर संभले हुए कदमों से आगे बढ़ता गया। पर यह उसकी भूल थी। मैं इतनी आसानी से किसी बिल्ले को अपना खाना छीनने नहीं दे सकता था। मैं उसकी ओर लपका। वह एक ही झटके में मुड़ा और खिड़की की दहलीज़ पर जा बैठा। यह देख कर मुझे बेहतर लगा। 'ये देख, एक घूँसा मिलेगा तुझे।' मैंने गुर्राते हुए अपनी मुट्ठी उसकी ओर लहराई।

खिड़की के पास बैठा बिल्ला मुझे घूर रहा था। "गंदे जानवर, ऐसे क्या देख रहा है।" मैंने उस पर हमला करना चाहा तो बिल्ला कूद कर बाहर निकल गया। अब वह दिखाई नहीं दे रहा था। बेशक़ वह जा चुका था। मुझे लगा कि ठीक ही हुआ और अब मैं अपना खाना आराम से खा सकूँगा। तो मैंने अपने हाथ धोए और मेज़ पर बैठ कर, खाने की थाली अपनी ओर खींच ली। मेरी बीवी ने खाने को कपड़े की पोटली में बांध कर भेजा था। मैंने उसे खोला तो मुर्गा अब भी गरम था। मैं अपना पहला कौर खाने ही वाला था कि अचानक दुकान की खिड़की पर फिर से नज़र गई। बिल्ला वापिस आ गया था, वह मेरे हाथ के कौर को देख कर लार टपका रहा था। मैंने हाथ का कौर नीचे रख दिया। बिल्ला मेरी हरकत पर नज़र रखे हुए था। अब मैं बुरी तरह से खीझ कर खड़ा हो गया। मैं भाग कर बिल्ले पर झपटा पर नीचे उतर कर भाग गया। आख़िरकार उससे छुटकारा मिला और मैं खाने के पास वापिस आ गया। मैंने अभी पहले कौर का पूरा स्वाद भी नहीं लिया था कि नामुराद बिल्ला फिर से आ धमका। इस बार वह खिड़की के बजाए दुकान के दरवाज़े से देख रहा था। एक पल के लिए लगा कि उसे अनदेखा करना ही सही होगा। मैंने अपना कौर चबाते हुए कहा, 'देखने दो उसे।'। मैं मुर्गे की टाँग का दूसरा हिस्सा खाने ही वाला था तो देखा कि वह ठीक मेरे सामने आ कर खड़ा हो गया। उसकी हरी आँखें जैसे मुझे अंदर तक भेद रही थीं। बड़ी हैरानी की बात थी, अब उसकी नज़र में कोई दुश्मनी नहीं थी, वह तरस भरी निगाहों से देख रहा था। मैं बुरी तरह से चिढ़ गया।

"मैं अपनी थाली से एक कौर तक नहीं देने वाला।" मैं फिर से उस पर उछलते हुए चिल्लाया। वह अपनी फुर्ती दिखाते हुए दुकान के अंदर भाग गया। मैं उसके पीछे भागा पर वह अंदर रखे कबाड़ में गायब हो

गया। मैंने कुछ देर तक देखा और फिर अपनी जगह वापिस आ कर बैठ गया। मैं अपना अपना कौर उठाने ही वाला था कि बिल्ला एक बार फिर से मेरे सामने आ कर बैठ गया। मेरा दिमाग काम नहीं कर रहा था। भला यह बिल्ला आया कहाँ से? मैंने खुद को शांत रहने को कहा और तय किया कि उसे देखे बिना ही अपना खाना खा लूँगा। पर कुछ और कौर खाने के बाद सिर उठा कर देखा: क्या देखता हूँ कि बिल्ला मेज़ के जितना पास आ सकता था, उतना पास आ कर बैठा था। अब यह अपने पिछले पैरों पर खड़ा, मेरी थाली से मुर्गा लपकने को तैयार था। मेरे सिर पर खून सवार था। यह तो सच में हद हो गई। वह अपना दाँव आज़माने ही वाला था कि मुझे एक तरीका सूझा। अब यह सवाल भी नहीं रहा था कि ठोकर निशाने पर लगेगी या नहीं। बस मुझे इससे छुटकारा पाने के लिए थोड़ी चालाकी से काम लेना था। मैंने किसी तरह अपने गुस्से पर काबू पाया। फिर मुर्गे का एक टुकड़ा उसकी ओर उछाल दिया। उसने उसे हवा में ही लपका और खाने लगा। इसके साथ ही वह मुझ पर नज़र भी रखे हुए था कि कहीं मैं उस पर हमला ही न कर दूँ। मैं भी अपना खाना इसी तरह खाता रहा मानो उसकी ओर ध्यान ही न हो। बिल्ले की चिंता ख़त्म होती जा रही थी। उसने अपना टुकड़ा खा कर मेरी ओर सिर उठा कर देखा। मैंने एक और टुकड़ा फेंका जिसे उसने बीच हवा में ही लपक लिया। उसने टुकड़े को चाटा और कुछ ही पल में चट कर गया। अब उसने खाते हुए मुझे देखना बंद कर दिया था और सुरक्षित महसूस कर रहा था। अब मेरी तरकीब काम कर रही थी। जब मैं धीरे से उठा तो उसने दो कदम पीछे लिए पर भागा नही। मैंने एक और टुकड़ा हाथ में लिया और उसे बुलाया, 'बिल्ले, ले! ले! आजा।' उसकी पूंछ सीधी हो गई और वह थोड़ा खिसक गया। मैं लोहे की निहाई से कुछ मीटर

की दूरी पर खड़ा हो गया। वह मेरी मंशा से अनजान अपना टुकड़ा लेने के लिए आगे आ रहा था। जब वह निहाई के ठीक पास आया तो मैंने मांस के टुकड़े को अपने पैरों के पास गिरा दिया। बिल्ला उस पर झपटा और ज्यों ही उसने टुकड़ा उठाया। मैंने निहाई उठा कर उसके सिर पर दे मारी। पूरी दुकान में बिल्ले की दर्द भरी चीख गूंज गई। काली निहाई के नीचे बिल्ला गिरा पड़ा था और उसकी रोएंदार चमड़ी से खून बह रहा था। मैंने निहाई को पैर से पीछे हटा दिया और उसकी लाश को नफ़रत से देखा। निहाई के हटते ही कुचला हुआ सिर मेरे सामने था। उसकी हरी आँखें अब भी मुझे ताक रही थीं। मैं चौकन्ना हो गया, उन आँखों की रोशनी अभी बुझी नहीं थी। वे पलकें अचानक झपकीं! अभी वह मरा नहीं था। वह खुद को पंजों से फर्श पर धकेलने लगा। पहले तो वह धीरे-धीरे हिल रहा था। फिर उसकी हरकत तेज़ हो गई। जिस जगह बिल्ला पड़ा था, अब वहाँ धूल में खून की हल्की सी लक़ीर देखी जा सकती थी। उसकी तकलीफ़ देख कर मेरा दिल धक से रह गया। मुझे अपने किए पर पछतावा होने लगा। उसकी मदद करना चाहता था पर समझ नहीं आ रहा था कि क्या किया जाए। वैसे भी, उसे छूने से डर लग रहा था। तभी अचानक ही कुछ अलग सा घटा। बिल्ला शायद मर चुका था क्योंकि उसने घसीटना बंद कर दिया था। फिर उसने सिर उठाने की कोशिश की और मुझे देखा। उसके गले से एक अजीब सा सुर निकला। मैंने सोचा कि अब वह मरने वाला था। वैसे भी मैं उसे जिन्दा न रहने देता। मर कर ही उसकी तकलीफ़ मिट सकती थी। पर तभी बिल्ले के गले से आती आवाज़ में कुछ सुनाई देने लगा। जी, आपने बिल्कुल सही सुना। वह आवाज़ हमारी बोली में बदल गई; वह मेरी और आपकी तरह बोलने लगा। आप पूछेंगे कि क्या बिल्ले बोल सकते हैं? पता नहीं पर ये

वाला तो बोल रहा था। जब उसके गले से घरघराहट के साथ शब्द बाहर आए तो मैं समझा कि वह क्या कह रहा था।

"यह सब किसलिए किया?" उसने कहा।

मुझे लगा कि शायद मैं सपना देख रहा था, इसके अलावा और क्या वजह हो सकती थी। ये मैंने क्या कर दिया था जिसकी वजह से दिन-दहाड़े बुरे सपने आ रहे थे। पर बिल्ले की आवाज़ तो और साफ़ होती जा रही थी, "तुमने ऐसा क्यों किया?"

मैं हक्का-बक्का दुकान में खड़ा था। एक ओर बिल्ला फ़र्श पर खिसक रहा था और कराहते हुए बोल रहा था, "तुमने ऐसा क्यों किया?"

जब बिल्ले का सिर दीवार से टकराया तब तो सच में हद हो गई। मैं एकदम जड़ हो गया। एक ही पल में बिल्ले ने भेष बदला और एक लड़की में बदल गया जिसके लंबे काले बाल कमर तक आ रहे थे। उसके माथे पर न तो किसी घाव का निशान था और न ही कहीं खून दिख रहा था। जब मैं खड़ा उसे ताके जा रहा था तो उसकी चौड़ी आँखें उसी तरह मुझे घूरने लगीं जैसे बिल्ला घूरता था और उसने पूछा, "तुमने ऐसा क्यों किया?" उसकी आवाज़ में कहीं कड़वाहट नहीं थी। मानो मैंने उसके सिर पर नहीं बल्कि अपने सिर पर ग़लती से निहाई पटक दी हो, उसे मुझ पर तरस आ रहा था।

"मुझे नहीं पता।" मैं शर्मिंदगी से भर कर गिड़गिड़ाया। मुझे कैसे पता होता कि वह बिल्ला एक इंसान था?

हालांकि इतना तो पता था कि वह सजीव है। उसने इल्ज़ाम सा लगाया। "इंसान हो या बिल्ला, जान तो जान ही होती है, है न? और तुमने उसकी जान छीन ली क्योंकि वह तुमसे खाने से मिलने वाला मज़ा

छीन रहा था। क्या इस बात से वाकई फ़र्क पड़ता है कि वह कोई इंसान नहीं बल्कि एक बिल्ला था?"

"मुझे माफ़ कर दो। मैं रोने लगा। मेहरबानी करके, मेरा यकीन करो, मैं शर्मिंदगी से मरा जा रहा हूँ।"

"अब बहुत देर हो चुकी," वह लड़की बोली। फिर उसने मुड़ कर दीवार को अपने हाथों से छुआ, "यह ठीक है, तुम्हें इस जगह बस यह गंदी दीवार ही दिखनी चाहिए।" तभी उसमें एक दरवाज़ा दिखाई दिया जिसे लड़की ने दोनों हाथों से धकेल कर खोल दिया। उसी समय दुकान में रोशनी फैल गई। दरवाज़े के उस ओर एक हरा-भरा बाग दिख रहा था।

उस लड़की ने अंदर कदम रखा और ज्यों ही वह दरवाज़ा बंद करने लगी तो मैं चिल्लाया, "रुको, मुझे माफ़ करो। अपने साथ ले चलो!"

उस लड़की ने अपनी दयालु हरी आँखों से दरवाज़े की दरार से देखा। वह बोली, "माफ़ करना। जो बेरहम लोग बाँटना नहीं जानते, वे इससे पार नहीं जा सकते। पहले तुम्हें बाँटना और दूसरों पर दया दिखाना सीखना होगा।"

"रुको!" मैं फिर से चिल्लाया, इस बार दरवाज़ा बंद हो चुका था। जब लड़की ने दरवाज़ा बंद किया तो दीवार पहले जैसी हो गई। मैं सीधा उसके पास गया और अपने हाथों से सारे पत्थर खुरच कर खोखले कर दिए पर सब बेकार रहा। उस जगह न तो कोई दरवाज़ा था और न ही कोई रास्ता। मैं लाचार हो कर अपने घुटनों के बल गिर गया।

बाकी दिन में कोई काम नहीं किया और पछतावे के मारे छाती पीटता रहा। शाम को घर गया और अपनी बीवी को सारी बात बताई।

उसे मेरी बात पर यकीन नहीं आया। "तुमने कोई बुरा सपना देखा होगा," वह बोली। और मैंने सोचा कि काश उसकी कही बात सच होती। काश उस दोपहर जो भी हुआ, वह बुरा सपना ही होता।

"अगले दिन, हमेशा की तरह सुबह दुकान खोली। मैंने चमड़े का पेटबंद पहन कर आग जलाई। जब आग तेज़ होने लगी तो उसमें लोहा डाला और उसके लाल होने का इंतज़ार करने लगा। फिर मैंने उसे उठा कर निहाई पर रखा। मैंने दाएँ हाथ में हथौड़ा लिया और लोहे पर वार करने ही वाला था कि अचानक ही दीवार में फिर से दरवाज़ा दिखने लगा। मैंने देखा कि वह दरवाज़ा धीरे से खुला। मैं हाथ में हथौड़ा लिए भौंचक्का रह गया। वह हरी आँखों और काले बालों वाली लड़की मुझे खूबसूरत बाग में आने का इशारा कर रही थी। मैंने हथौड़ा और लोहा एक ओर फेंका और दरवाज़े की ओर भागा। पर ज्यों ही उसके पास गया तो वह बंद होने लगा। बस उस तक जाने की आख़िरी उम्मीद रह गई थी। ज्यों ही उसके पास गया, दरवाज़ा झट से बंद हो गया। मेरा सिर दीवार से टकराया और मैं लड़खड़ा कर वहीं गिर गया। जब मुझे सुध आई तो शाम हो गई थी। उसी दिन से अपना काम नहीं कर सका। मैं आग जला कर अपना लोहा तपाता हूँ। लोहा लाल होता है और मैं हथौड़ा उठाता हूँ पर जैसे ही वार करने लगता हूँ तो अचानक ही दीवार में फिर से दरवाज़ा दिखने लगता है। वह हरी आँखों और काले बालों वाली लड़की मुझे बाग में आने का इशारा करती है। मैं अंदर जाने के लिए दौड़ता हूँ लेकिन तभी मेरा सिर दीवार से टकराता है और मैं खून से लथपथ लड़खड़ा कर वहीं गिर जाता हूँ। मैंने अपनी उम्मीद नहीं छोड़ी। एक न एक दिन उस दरवाज़े से पार हो जाऊँगा।"

जब उसने अपनी कहानी पूरी की तो सुलतान और वज़ीर को लगा कि उन्होंने मुअज़्ज़िन के लिए जो किया था, वे लुहार के लिए उससे ज़्यादा कुछ नहीं कर सकते थे। उन्होंने उसके लिए दुआ की कि उसे ज़ल्द अपनी तकलीफ़ से छुटकारा मिल जाए और फिर उससे इजाज़त ले कर सोने चल दिये।

अगली सुबह उनके मेज़बान ने बहुत बढ़िया नाश्ता करवाया। सुलतान और वज़ीर ने पेट भर कर खाया और फिर लुहार से विदा ले कर वापिस चल दिए। बाकी सब बातें एक ओर, उनके आगे पूरे तीन दिन और तीन रातों का सफ़र बाकी था। वे रास्ते में जिस भी जगह रुकते, वहीं लुहार के बारे में बातें करते। यह करते हुए वो तीसरी रात के बाद वाली सुबह, सुनार के शहर में पहुँचे।

ज्यों ही वे शहर में आए, उन्होंने सीधा सुनार का दरवाज़ा ही खटखटाया। सुनार उन्हें देख कर खुश हुआ। वह उन्हें अपने साथ घर ले गया और उनके खाने-पीने का बंदोबस्त करवाया। "बताइए, क्या आपको लुहार का क़िस्सा जानने का मौका मिला?" उसने अपने मेहमानों की ख़ातिर करने के बाद पूछा।

सुलतान और वज़ीर ने उसे बताया कि वे सारा क़िस्सा जान कर आए हैं और फिर वे सुनार को कहानी सुनाने लगे। सुनार बड़े ही ध्यान से सुनता रहा।

"तो फिर उसकी न बाँटने की सज़ा ज़्यादा बड़ी थी?" सुनार हौले से बोला।

"हमें उसकी बेरहमी को नहीं भूलना चाहिए।" वज़ीर बोला।

"हम यही उम्मीद कर सकते हैं कि तुम्हारा क़िस्सा भी लालच और बेरहमी से ही न भरा हो।" सुलतान ने कहा।

"अफ़सोस, आप देखेंगे कि मेरी कहानी भी बाँटने से जुड़ी है पर लुहार की कहानी से पूरी तरह से अलग है।"

"तब तो इस राज़ से पर्दा हटा ही दो," वज़ीर ने कहा।

"मेहमान की मर्जी मेरे लिए हुक़्म की तरह है," सुनार बोला। फिर वह अपनी कहानी सुनाने लगा।

जैसा सुनार ने कहा

अल्लाह मेरे अब्बू को जन्नत बख़्शे। वे चाहते थे कि मैं उनके बताए रास्ते पर चलूँ। बदनसीबी से, मैं उनकी मौत के बाद भी लंबे अरसे तक उनकी यह मर्जी पूरी नहीं कर सका। असल में, मैं अपनी जवानी के दिनों में बेहतर बेटा नहीं बन सका। परिवार में इकलौता होने की वजह से मैं बिगड़ गया था। मैं दुनिया में किसी की परवाह नहीं करता था। मुझे याद नहीं आता कि कोई भी चीज़ हासिल करने के लिए इतनी सी भी मेहनत की हो। तो आप अंदाज़ा लगा सकते हैं कि मेरा बचपन कितना सुहाना रहा होगा। पर वह वक़्त ज़ल्दी से बीत गया और अब्बू के सिर पर सफ़ेद बालों की गिनती बढ़ने लगी, मैं लंबा-चौड़ा नौजवान हो चुका था।

एक दिन उन्होंने मुझे बुला कर कहा, "देखो, बेटा, मैं बूढ़ा हो रहा हूँ। अब वक़्त आ गया है कि तुम हमारी सुनार की दुकान का काम संभाल लो। इधर-उधर भटक कर अपना वक्त ज़ाया करना बंद करो। चलो, मिल कर दुकान चलाते हैं। धंधा करना सीख लोगे तो मेरे मरने के बाद अच्छी तरह क़ारोबार चला सकोगे।"

"अल्लाह आपको लंबी उम्र दे, आप कैसी बातें कर रहे हैं?" मैंने कहा। उन्होंने एक फिक्रमंद मुस्कान के साथ देखा।

"यह तो होना ही है, " वे बोले, "मौत से कौन बच सका। यह तो एक दिन आनी ही है और वह दिन भी आ जाएगा। पर हमें अपने काम पूरे करके ही दुनिया से अलविदा कहना चाहिए। यही वजह है तुम्हें काम करना सीखना चाहिए ताकि तुम अपना क़ारोबार चला सको।"

यह सुन कर मुझे चिंता हो रही थी कि अब्बू ऐसी बातें कर रहे थे मानो वे अगले ही दिन मरने वाले हों। वे तो कहीं से बीमार भी नहीं लग रहे थे। शायद वे मुझे दुकान से बाँधने की उतावली में ऐसा कर रहे थे। पर मेरी ऐसी कोई मंशा नहीं थी कि खुद को एक दुकान पर बैठा दूँ।

अगली सुबह जब अब्बू काम पर जाने लगे तो उन्होंने अम्मी से कहा कि जब मैं सो कर उठ जाऊँ तो वे मुझे दुकान पर भेज दें। अम्मी ने नाश्ता करवाने के बाद कहा, "दुकान पर अब्बू तुम्हारा इंतज़ार कर रहे हैं।" यह सुन कर मन खराब हो गया। उस दिन तो दोस्त के साथ शहर के दूसरे छोर पर बहने वाली नदी पर मछली पकड़ने जाना तय हुआ था। मैं एक पल के लिए हिचका। फिर अब्बू का चेहरा सामने आ गया। उन्हें नाराज़ नहीं करना चाहता था पर दुकान पर जाने का मन भी नहीं था। जब घर से निकला, तब तक तय नहीं कर पा रहा था कि क्या करना है।

मैं पैर घसीटते हुए आगे बढ़ता गया। मेरे अब्बू की दुकान की ओर जाने वाली सड़क मेरे एक दोस्त के घर के आगे से निकलती थी। जब मैं उस जगह से निकला तो दोस्त से बतियाने का मन हुआ और फिर मैंने खुद को समझा दिया कि दुकान पर कल भी जा सकते हैं। फिर मैं दोस्त के घर की ओर चल दिया।

उस दिन सच में बड़ा ही मज़ा आया। हम नदी में तैरे, मछली पकड़ी और एक घायल खरगोश के पीछे भागे जो घायल होने के बावजूद हमसे कहीं तेज़ निकला और हम उसे पकड़ नहीं सके। जब शाम को घर पहुँचा तो अब्बू दुकान से आ चुके थे। उनका मिज़ाज उखड़ा हुआ था। हम खाने की मेज़ पर बैठे तो वे ग़मगीन होते हुए बोले, "तुम दुकान पर क्यों नहीं आए?"

"मुझे अपने दोस्तों से मिलने जाना था," मैंने कहा।

"अगर तुम न जाते तो क्या दुनिया तबाह हो जाती?" उन्होंने फटकारा।

मैं उन्हें नीचा नहीं दिखाना चाहता था। और आपने ही तो कहा था कि हमें अपने दिए गए वादे को निभाना चाहिए," मैंने अपनी बात जमानी चाही।

अब्बू राजी नहीं हुए पर इसके बाद कुछ बोले भी नहीं।

अगले दिन, जब मैं सो कर उठा तो अम्मी ने दोहराया कि मुझे दुकान पर जाना है। "और तुम्हारे अब्बू ने कहा है कि आज उनका चेला नहीं आ रहा इसलिए तुम्हें ज़रूर जाना है।"

अब बचने का कोई रास्ता नहीं था। मुझे जाना ही था। अभी नाश्ता करने ही लगा था कि किसी ने दरवाज़ा खटखटाया। दरवाज़े पर मेरा एक दोस्त खड़ा था।

"कहवाघर में मुर्गों की लड़ाई चल रही है," वह बोला, "आ जा, चल कर देखते हैं। शायद हम उस पर दांव भी लगा सकते हैं।" मैंने उसे बताया कि मुझे तो दुकान पर जाना था।

"तू थोड़ी देर देख कर चले जाना।" उसने ज़ोर दिया। उसके पास पैसे नहीं थे। "तेरे पास कुछ सिक्के हैं। एक सिक्के की शर्त लगा दे, हमें पाँच सिक्के वापिस मिलेंगे।" उसने कहा। हालांकि मुझे पैसों की परवाह नहीं थी पर ऐसा लगा कि दोस्त के साथ जीत का जश्न मनाने में मज़ा आएगा। और मुझे दुकान पर देर से जाने में कोई हर्ज नहीं दिखा। पर मैं नहीं चाहता था कि यह बात अम्मी के कानों में पड़े।

"ठीक है," मैंने धीमे सुर में कहा, "दूसरे मोड़ पर मेरा इंतज़ार करना, मैं पाँच मिनट में आता हूँ।"

मैंने झट से नाश्ता पूरा किया और घर से निकल गया। बेचारी अम्मी को कोई शक़ नहीं हुआ। मैं दुकान पर जा रहा था और उनके चेहरे पर इसकी ख़ुशी साफ़ देखी जा सकती थी। गली के कोने तक जाते ही पाँच और दोस्तों का साथ हो गया। हम सातों कहवाघर की ओर चल दिए जिस जगह मुर्गे लड़ाए जा रहे थे। छोटा सा कमरा खचाखच भरा था। हम भीड़ को चीर कर उस जगह आ गए, जहाँ से सब कुछ आराम से दिखाई दे। मुर्गे बेरहमी से एक-दूसरे को नोचते हुए पटक रहे थे। देखते ही देखते हम भी भीड़ के जोश में रंग गए और चीख-चीख कर मुर्गों के नाम लेने लगे। जब हमने मुर्गों पर दाँव लगाए तो इसके बाद तो

अपनी सुध ही नहीं रही। जब तक दुकान पर जाने की याद आई, दोपहर बीत चुकी थी। 'कम से कम आज तो दुकान का नागा कर ही ले!' मैंने खुद को समझाया और अपनी मौज में मग्न हो गया।

जब घर गया तो अब्बा ने ही दरवाज़ा खोला। वे काफी गुस्से में दिखे।

"कहाँ थे तुम?" वे चिल्लाए। मैंने उन्हें इतने गुस्से में कभी नहीं देखा था, "कैसे बेटे हो तुम? वे बोलते गए। आज तुम्हारी वजह से आधा दिन दुकान बंद रही।"

"माफ़ी कीजिए, अब्बू," मैंने कहना चाहा।

"माफ़ी से क्या होगा," वे बोले, "कल अलसुबह हम एक साथ दुकान पर चलेंगे।"

मैं अपने घायल अहम के साथ मेज़ पर बैठा उबलता रहा। खाना खाने का भी मन नहीं था। अब्बू का यह बर्ताव मेरे लिए नया था। मुझे उनसे कोफ़्त होने लगी थी। दो दिन दुकान पर क्या नहीं गया, इतनी नौबत आ गई कि वे मुझ पर हाथ तक उठाने को तैयार थे।

अगले दिन हम दोनों एक साथ दुकान की ओर चले। मैंने अपने दोस्त के घर के आगे से निकलते हुए, उसके घर की खिड़की को देखा। वह कितने आराम से सो रहा होगा। फिर हम सुनारों की दुकानों के आगे से निकले। वे लोग अपनी-अपनी दुकानें खोल रहे थे ताकि दिन का काम चालू हो सके और फिर हमारी दुकान आ गई। अब्बू ने जेब से दो बड़ी चाबियाँ निकाल कर दो बड़े ताले खोले। हम धूल से भरे किवाड़ खोल कर अंदर गए। एक बुरी सी गंध नाक से टकराई। यह

हाइड्रोक्लोरिक अम्ल की गंध थी जिसे सोने के जड़ाऊ पिन की घिसाई के लिए इस्तेमाल करते थे।

शायद मैंने बुरा सा मुँह बनाया होगा क्योंकि मुझे देखते ही अब्बू बोले, "तुम एक हफ़्ते में ही इसके आदी हो जाओगे। धीरे-धीरे तुम्हें इसमें और बाग में लगे ख़ुशबूदार पौधे में फ़र्क नहीं लगेगा।" मैं अपने अब्बू की बात मानने को राजी नहीं था।

"हमें दुकान साफ करनी पड़ेगी," वे झाड़ू की ओर इशारा करके बोले। मैं आगे बढ़ा ही था कि वे फिर से बोले, "पहले फ़र्श पानी से छिड़क दो ताकि धूल न उड़े।"

मैंने झाड़ू वहीं छोड़ा और दुकान के पीछे से जा कर एक मटका ले आया। फिर उसमें पानी भरा और अपने अब्बू के पास गया। मैंने उस जगह पानी छिड़कना चालू किया पर इतना पानी छिड़क दिया कि कई जगह पानी के चहबच्चे से बन गए। जब मैंने ऊपर देखा तो देखा कि अब्बू नाराज़गी से ताक रहे थे, तभी उनके पास काम करने वाला लड़का आ गया। यह तो साफ़ था कि अब्बू की पिछली रात की नाराज़गी अभी गई नहीं थी।

"तुम इससे झाड़ू ले कर सफ़ाई करो," वे गुस्से से बोले। उनके शार्गिद ने दोबारा नहीं कहने दिया और झट से मेरे हाथ से झाड़ू छीन लिया। मैंने बड़ी बेइज़्ज़ती महसूस की और बुरा भी लगा। दुकान से निकल कर भागने का मन किया पर किसी तरह ख़ुद को वहीं रोके रखा। जब दुकान साफ़ हो गई तो रोज़मर्रा का काम होने लगा। मेरे अब्बू ने मुझे सोने की बारह चूड़ियाँ दे कर तार वाली कूची से साफ़ करने को कहा। मैंने चूड़ियों और कूची को संभाल कर काम शुरू किया पर ये

काम जितना लगता था उतना आसान था नहीं। वह कूची बार-बार मेरे नाखूनों से टकरा रही थी और देखते ही देखते नाखूनों के आसपास की चमड़ी छिल-सी गई। उनका शार्गिद मुझसे पाँच साल छोटा रहा होगा, वह भी यही काम कर रहा था पर उसकी चमड़ी सख़्त हो चुकी थी। जब मैंने दसवीं चूड़ी पर काम चालू किया तो बाईं तर्जनी अंगुली से खून आने लगा। फिर भी मैं काम करता रहा और बारह चूड़ियों को चमका दिया। फिर किसी तरह, दोपहर के खाने का वक्त हुआ।

"तुम पहले खा कर आओ," अब्बू ने मुझे घर भेजते हुए कहा, "जब तुम वापिस आओगे, तब मैं जाऊँगा।" मैंने बाज़ार से निकलते ही चैन की साँस ली। मौसम बड़ा ही सुहावना था, खिले हुए आसमान में चमकता हुआ सूरज ... मैं सीधा उसी ओर चल दिया जहाँ कहवाघर के बाग में मेरे दोस्त मिल सकते थे। मैं दुकान पर वापिस नहीं जाना चाहता था। मेरे दोस्त दोपहर के समय मुझे अपने बीच पा कर बेहद ख़ुश हुए। मैंने उन्हें सब बता दिया।

"कोई बात नहीं, तुम तो पहले से दौलतमंद हो। तुम्हें काम करने की क्या ज़रूरत है?" उन्होंने मुझे समझाया कि मैंने जो किया, वह ठीक ही था।

"तुम घर वापिस मत जाना, चाहो तो हमारे साथ ही रह सकते हो," एक दोस्त बोला जिसके अब्बा इस दुनिया में नहीं रहे थे, "जो भी होगा, मिल-बाँट कर काम चला लेंगे। हम सबके लायक तो हो ही जाएगा।" मुझे यह पेशक़श पसंद आई और मैंने इसके लिए हामी भर दी। मैं उस शाम घर वापिस नहीं गया। आधी रात को किसी ने उस घर का दरवाज़ा खटखटाया, जहाँ मैं ठहरा हुआ था। वह मेरे अब्बू थे। वे बड़े परेशान

लग रहे थे। मैं आपको बता नहीं सकता कि उन्हें मुझे देख कर कितनी खुशी हुई। सुबह वाली ऐंठ का नामोनिशान तक नहीं था। वे मुझे घर ले जाने आए थे और मुझे उन्हें देख कर अच्छा ही लगा। हालांकि उस शाम घर वापिस नहीं लौटने की वजह से थोड़ा अजीब सा लगा था पर मैंने अब्बू के सामने ज़ाहिर नहीं होने दिया।

मैं घर वापिस नहीं आ रहा। मैं अपनी टेक पर अड़ा रहा। उनके चेहरे पर फ़िक्र की झलक दिखी।

"ऐसा मत करो, बेटे," वे बोले, "तुम्हारी अम्मी कितनी परेशान है, कम से कम उसे और मत सताओ।"

मैंने तो पहले ही ढिठाई दिखाने की सोच ली थी। मैंने कहा, "आप नहीं चाहते कि मैं उस घर में रहूँ।"

"ऐसी बात मत कह। तू तो हमारा दिल है, हमारी जान है...।" मैंने उनकी बात बीच में ही काट दी।

"अगर आपको मेरी खुशी की परवाह होती, तो मुझे मेरी जवानी का मज़ा लेने देते और मुझे घर से बाहर आने-जाने पर न टोकते।"

अब्बू ने बेचारगी से सिर पीट लिया। "बेटा, हमने जो भी किया, वह तेरी भलाई के लिए ही तो था।" वे बोले।

वे जितना प्यार से पेश आ रहे थे, मेरा अड़ियलपन बढ़ता जा रहा था। "नहीं, आप मुझसे जलते हो," मैंने कहा।

"क्या कभी कोई इंसान अपनी ही औलाद से जलन रख सकता है?" वे बोले, "तुम्हारी खुशी में ही हमारी खुशी है."

"अगर ऐसा हो तो आप मुझे दुकान पर बैठने के लिए मज़बूर नहीं करोगे।"

"हम ऐसा इसलिए करते हैं ताकि अगर तुम्हारे हाथ में हुनर होगा तो जिंदगी में आगे आने वाली मुश्क़िलों का सामना कर सकोगे।" वे बोले।

"अल्लाह का शुक्र है, हमारा घर तो भरा-पूरा है। भला हमें कोई परेशानी क्यों हो सकती है?"

"ऐसा मत कहो, बेटा। पैसा पेड़ों पर नहीं उगता। अगर तुम काम से जी चुराओगे तो देखते ही देखते तुम्हारे पास कौड़ी तक नहीं बचेगी।"

"ठीक है, जो भी हो, मैं यह नहीं कह रहा कि कभी कोई काम ही नहीं करूँगा, पर फिर भी अभी मैं जवान हूँ और मेरे हमउम्र दोस्त जिंदगी के मज़े ले रहे हैं। मैं भी उनकी तरह जीना चाहता हूँ। जब वक्त आएगा तो मैं खुद ही दुकान पर आ जाऊँगा, तब चाहे आप मुझे बुलाएँ या न बुलाएँ।"

अब्बू ने ग़मगीन हो कर देखा। "ओह मेरे बच्चे," वे बोले, "यह सब तुम्हारा नहीं, हमारा कुसूर है। अब मैं देख सकता हूँ कि हम कहाँ ग़लत थे पर अब बहुत देर हो चुकी है। जो जी में आए, वही करो। चलो, अब घर चलें।"

मैं अब्बू की बात का मतलब समझता था पर मेरे मन को चैन आ गया था। मैंने दोस्त की ओर देखते हुए शरारत से आँख दबाई। वह भी मूँछों तले मुस्कुरा रहा था।

जब मैं घर पहुँचा तो अम्मी गले से लगा कर रोने लगी। अब हर चीज़ की लगाम मेरे हाथ में थी।

अगली सुबह से मैं मनमर्जी से जीने लगा। मेरे अब्बू ने कभी दख़ल नहीं दिया। वे रोज़ सुबह, तकिए के नीचे मेरा जेबख़र्च रख कर, चुपचाप दुकान पर चले जाते। मेरी दरियादिली के तो क्या ही कहने! हम जिस जगह भी जाते, मेरे दोस्तों को कभी अपनी जेबों में हाथ नहीं डालना पड़ता। मैं ही सबका भुगतान करता। बेशक़ कुछ वक्त बाद ही वह पैसा कम पड़ने लगा। मैंने अब्बू से जेबख़र्च बढ़ाने को कहा तो वे हैरान हो गए।

वे बोले, "बेटा, मैं तुम्हें जितना पैसा देता हूँ, उससे तो एक पूरी गृहस्थी आराम से चल सकती है। तुम इतने पैसों का करते क्या हो?"

"हम ख़र्च कर देते हैं, और क्या।" मैंने झिड़की देते हुए कहा।

हमारी अनबन कहीं बढ़ न जाए, इसी डर से कोने से खड़ी बातें सुन रही अम्मी अचानक सामने आ गई। "आप कुछ तो सोचो। क्या जवान लड़के को उसके ही दोस्तों के आगे शर्मसार करोगे?"

"हमें जो कुछ भी सहना पड़ा, वह इसके दोस्तों की ही देन है।" अब्बू बोले। हालांकि वे दुकान पर जाते-जाते मेरे लिए पैसे रखना नहीं भूले और मैं अपने छह दोस्तों के साथ बड़े मज़े से वह पैसा उड़ाता रहा।

एक दिन एक दोस्त ने पूछा, "मेरी अम्मी बीमार है। मेरे पास उनके इलाज के लिए पैसे नहीं हैं। हमने दोस्तों और रिश्तेदारों से बात की है, कोई मदद करने को तैयार नहीं है। क्या तुम मदद कर सकते हो?"

"ये कैसा सवाल हुआ? मैं मदद क्यों नहीं करूँगा," मैंने कहा। बोलो, "पैसे कब चाहिए तुम्हें?"

"कल सुबह," मेरे दोस्त ने कहा, "हमें उन्हें सीधा हकीम के पास ले जाना होगा।"

अगर मैं अपने अब्बू से पैसों के लिए कहता तो शायद वे न देते। उनके ताने और सुनने पड़ते। मैं सीधा अम्मी के पास गया और मैंने हालात को और भी ज़्यादा बदतर बताते हुए सुनाया। मेरी बातों का उसी समय असर दिखाई दिया। अम्मी की आँखें छलछला गईं और उन्होंने आड़े वक्त के लिए बचा कर रखे पैसे मेरे हाथ पर रख दिए, जो मैंने अपने दोस्त को दे दिए। दो ही सप्ताह बाद, एक और दोस्त आ गया।

"मुझे थोड़े पैसों की ज़रूरत है," वह बोला।

"किसलिए भई? क्या हो गया?" मैंने पूछा।

"तुझे तो पता है, मेरा अब्बा जुआरी है," वह बोला, "उस दिन शाम को उसने घर को दांव पर लगाया और हार गया। वे लोग कह रहे हैं कि हमारा पैसा दो या घर खाली कर दो। हम तो रास्ते पर आ जाएँगे, मेहरबानी करके मदद कर।"

"पर," मैंने कहा, "मैं इतना पैसा कहाँ से ला सकता हूँ? "

मेरा दोस्त मुस्कुराया, "नहीं दोस्त, सारा पैसा तुमसे नहीं चाहिए। हमारे घर में कुछ जमा था और कुछ पैसा रिश्तेदारों से उधार लिया है। अगर तुम सोने की दो चूड़ियाँ ला कर दे सको, तो इतने में ही बात बन जाएगी।"

"दो चूड़ियाँ? " मैंने दोहराया।

"हाँ। दो चूड़ियाँ। तुम्हारे अब्बू की दुकान में क्या कमी है। अगर तुमने इतना सा सामान निकाल भी लिया तो उन्हें क्या कमी पड़ जाएगी।"

मेरा दोस्त तो अपनी ही दुकान में चोरी करने को कह रहा था। मुझे अपने अब्बू को ठगना था। नहीं, यह ठीक नहीं था।

"नहीं। मैं चोरी नहीं कर सकता।" मैंने साफ़-साफ़ कहा।

मेरे दोस्त के दिल को ठेस लगी।

"तुमने ठीक कहा," वह बोला, "मुझे तुमसे कहना ही नहीं चाहिए था।"

ज्यों ही उसने मुझसे मुँह फेरा, मुझे उसके लिए बहुत बुरा लगने लगा। कुछ देर बाद, मैंने अपने दूसरे दोस्तों से बात करनी चाहिए। मैंने चहकते हुए आदाब कहा पर किसी ने भी ज़वाब नहीं दिया।

"सच्चा दोस्त वही है जो समय पर काम आए।" उनमें से एक हौले से बोला।

"अपने दोस्तों को सगा भाई बोलना आसान ही होता है," दूसरा बोला।

"इंसान तो अपने दोस्त के नाम पर जान तक दे देता है।" जिसने अम्मी के इलाज के लिए पैसा लिया था, अबकी वह बोला।

तो वे सारी बात सुन चुके थे। मैं उनसे परे चला गया, सिर शर्म से झुका हुआ था। मैं सीधा उस दोस्त के घर गया जिसे पैसे देने को मना किया था। फिर मैंने उसका दरवाज़ा खटखटाया। उसने चेहरे पर रुख़ाई के साथ दरवाज़ा खोला।

"ठीक है," मैंने कहा, "मैं इस हफ़्ते के आख़िर तक चूड़ियाँ ला दूँगा।"

और मैंने ऐसा ही किया, हालांकि मैंने अब्बू की दुकान से चूड़ियाँ नहीं लीं। जब अम्मी नहाने गई तो अपनी चूड़ियाँ उतार कर रख गई थी, मैंने उन्हें ही उठा लिया। उन्हें मुझ पर कभी शक़ नहीं हुआ। हमारे घर में एक गरीब औरत सफ़ाई का काम करती थी। अम्मी को लगा कि यह उसका ही काम रहा होगा। पर मैंने ध्यान दिया कि जब घर में इस बारे में बात हो रही थी तो मेरे अब्बू मेरी ओर गौर से देख रहे थे। मैंने खुद को किसी तरह संभाला ताकि उन्हें शक़ न होने पाए और मैं ऐसा करने में क़ामयाब रहा। हालांकि मेरे दोस्तों की माँगें बढ़ती जा रही थीं। वे लोग सभी मेरे पास समय-समय पर पैसे की ज़रूरत होने का दावा ले कर आते। और मैं उनके परिवारों की मदद के लिए अपना सब कुछ दांव पर लगाने को तैयार हो जाता। आख़िर में, मैंने अब्बू की दुकान से भी चोरी करना चालू कर दिया था। और तभी एक दिन वह सब घटा। मेरे अब्बू ने मुझे पन्ने की अंगूठी चुराते पकड़ लिया। उन्होंने कस कर हाथ पकड़ लिया, आँखों में दर्द झलक रहा था।

"शर्म आनी चाहिए तुम्हें। लानत है तुम पर," वे बोले।

बस उन्होंने इतना ही कहा। वह अंगूठी भी वापिस नहीं ली। पर मैंने उसे वहीं कांच के सजावटी बॉक्स पर फेंका और दुकान से बाहर आ गया। उसी दिन से, अब्बू ने मुझसे बात तक करना बंद कर दिया। जैसे वे रातों-रात और भी बूढ़े हो गए थे। कई बार, मैं उन्हें अम्मी से खुसर-पुसर करते सुनता।

"हमने ही अपने साथ ऐसा किया। हम अच्छे माँ-बाप साबित नहीं हुए," वे अपना माथा पीटते रहे।

अब्बू की सेहत दिन-ब-दिन गिरती जा रही थी। एक ही महीने में उन्होंने बिस्तर पकड़ लिया। वे अब भी मुझसे बात नहीं करते थे। अम्मी भी इसके लिए मुझे ही गुनाहगार मानती थी। पहली बार, जैसे मेरे अंदर से किसी ने आवाज़ दी जैसे कोई अंदर से कचोट रहा था। मुझे लगा कि मैं ही अपने अब्बू की गिरती सेहत का ज़िम्मेवार था। आख़िरकार, मुझे होश आई और मैंने आसपास के सबसे बेहतर हकीमों को इलाज के लिए बुलवाया। उन्होंने अब्बू के लिए कुछ दवाएँ और ताकत बढ़ाने के नुस्खे लिख दिए। पर अब्बू को देख कर लगता था कि उनमें जीने की ख़्वाहिश ही नहीं बची थी। वे न तो कुछ खा रहे थे और न ही दवा ले रहे थे। धीरे-धीरे हालत बदतर होती गई। जैसे वे खुली आँखों से अपनी मौत के इंतज़ार में थे। मैं उन्हें रोक नहीं सकता था। अपनी मौत से एक दिन पहले, उन्होंने मुझे पास बुलाया। उन्होंने किसी तरह बोलने की हिम्मत बटोरी पर हल्की फुसफुसाहट के सिवा कुछ न निकला, "तुम मेरी मौत के ज़िम्मेदार नहीं हो। खुद को इल्ज़ाम मत देना। हालांकि तुमसे दो आख़िरी ख़्वाहिशें पूरी करवानी हैं। पहली, अगर कभी तुम्हारे घर बेटा हो तो उसे वह सब मत देना, जिसका वह हक़दार न हो, भले ही तुम्हारे पास देने के लिए सब कुछ हो। उसे यह पहचानना सिखाना कि जिंदगी में अच्छे और बुरे, दोनों ही होते हैं। उसे यह बताना कि कुछ पाने के लिए मेहनत करनी होगी। दूसरी, तुम जिस राह पर चल रहे हो, यह बात उससे जुड़ी है। मैं तुम्हें सब कुछ भरा-पूरा दे कर जा रहा हूँ पर मुझे यकीन है कि तुम कुछ ही दिन में सब गवाँ दोगे। या फिर तुम्हारे दोस्त ही ये सब खा लेंगे। तुम पर मुश्किल वक्त आन पड़ेगा। और जब पैसा नहीं रहेगा तो उनकी नज़रों में तुम्हारी इज्ज़त भी दो कौड़ी की हो जाएगी। तुम यह सब सहन नहीं कर सकोगे और हो सकता है तुम्हारे मन में ख़ुदकुशी करने की बात आ जाए।

"अब्बू, आप ऐसी बातें न करें।" मैंने उन्हें रोकना चाहा।

"बीच में मत बोलो। जिंदगी में कम से कम एक बार तो अपने अब्बू की पूरी बात गौर से सुन लो," वे आगे बोले, "उम्मीद करता हूँ कि ऐसी नौबत न आए। पर अगर इसी तरह जीते रहे तो मुझे डर है कि वह सब होगा, जो मैंने अभी बताया। तब जिंदगी तुम पर भार हो जाएगी। तुम यह सब सहन नहीं कर सकोगे। अब मुझसे एक वादा करो। अगर ऐसा समय आ जाए कि तुम अपनी जान लेना चाहो, तो इधर देखो। मैंने इस छत पर एक कुंडा लटका दिया है। तुम इस कुंडे से ही फांसी लटक जाना। और कुछ न सही, अपने मरते हुए अब्बू की इतनी सी ख़्वाहिश तो पूरी करोगे न?"

मैं तो उनकी बात पर यकीन नहीं कर सकता पर उन्हें दिलासा देने के लिए कहा, "ठीक है अब्बू, अगर कभी फांसी लेने की बात मन में आई तो इसी छत पर लटकते कुंडे से लटक कर जान दूँगा।"

वे मुस्कुराए और अपना बाँया हाथ मेरी ओर बढ़ाया। वह बर्फ़ की तरह ठंडा था।

उस रात, मेरे अब्बू नहीं रहे। मैं अंदर ही अंदर शर्मिंदगी से मरा जा रहा था। मैंने अपने दोस्तों से मिलना बंद कर दिया। जिस तरह अब्बू रोज़ सुबह ज़ल्दी उठ कर, दुकान खोलते थे और देर शाम तक काम करते थे, मैं भी वही करने लगा। दो हफ़्ते बाद, मेरा एक दोस्त दुकान पर आया और उसने थोड़ी संज़ीदगी और थोड़े मज़ाक के लहज़े में फटकारा ।

"आज रात, नदी किनारे पीने-पिलाने का दौर होगा। हमारे साथ चल।" उसने कहा। मैंने साफ़ मना कर दिया। पर वह इतनी आसानी से 'न' सुनने वालों में से नहीं था इसलिए बार-बार कहता रहा।

"मेरी अम्मी घर में अकेली है," मैंने कहा।

"हम ज़्यादा देर नहीं करेंगे। बाकी सब भी तुझे बहुत याद कर रहे हैं। तू चाहे तो एकाध जाम लेकर वापिस आ जाना।" उसने समझाया।

मुझे लगा कि शायद दोस्तों के बीच बैठने से मन संभलेगा इसलिए मैंने हामी भर दी। अब्बू के जाने के बाद से मन बहुत उदास रहने लगा था। उस शाम दुकान बंद करने के बाद दोस्तों के बीच चला गया। मेरे छह दोस्त वहीं मौजूद थे। उन्होंने मुझे बड़े प्यार से बुलाया और अब्बू की मौत का अफ़सोस ज़ाहिर किया। वे मुझसे कहने लगे कि अगर मुझे किसी मदद की ज़रूरत हो तो वे हमेशा हाज़िर थे। मेरे मन की सारी शर्मिंदगी कहीं घुल गई। मुझे बड़ा सुकून मिला। मैंने दोस्तों के साथ खाया-पिया और खूब मस्ती की। उस रात, बड़ी देर से घर पहुँचा। अम्मी मेरे इंतज़ार में जाग रही थी। बेशक़, अम्मी को पता था कि मैं अपने दोस्तों के साथ था। उन्होंने अपनी ओर से सलाह देनी चाही पर यहाँ कौन सुनने वाला था?

अगली सुबह से मैं फिर ग़लत रास्तों पर चल पड़ा। शाम से अगली सुबह तक हमारे मनबहलाव ही पूरे नहीं होते थे। हमेशा की तरह मैं ही सारे बिलों का भुगतान कर रहा था। इसी तरह, दोस्तों की ज़रूरतें भी अपने पैसे से पूरा करता रहा। इसके अलावा, अब तो सोना चोरी करने की भी ज़रूरत नहीं थी क्योंकि सब कुछ मेरा ही था। इसी दौरान, मेरे हर दोस्त ने सोने के काम की दुकान खोल ली। बड़ी हैरानी की बात थी, हमारी दुकान का सोना कम होता जा रहा था और उनकी दौलत बढ़ती ही जाती थी।

हालांकि मेरे मुक़ाबले अम्मी को यह सब बेहतर दिखाई दे रहा था। उन्होंने कई बार चेताया। पर मेरी मोटी खोपड़ी में बात नहीं गई और मैं उनकी एक नहीं सुनता था। भला मेरे दोस्तों के अच्छे-ख़ासे काम करने से मुझे क्या नुकसान हो सकता था? मैं तो उन सबसे कहीं भरा-पूरा था। मेरा उनकी हर कदम पर मदद करना वाजिब ही था। एक साल बाद, अम्मी भी चल बसीं, उनसे अब्बू से जुदा होने का ग़म सहा नहीं गया। एक बार अम्मी के जाने के बाद तो रोक-टोक करने वाला भी कोई न रहा और मैं बहुत ज़्यादा फ़िज़ूलखर्ची करने लगा। मेरे पुरखों ने कई बरसों की मेहनत से यह दौलत जमा की थी पर मैंने दो ही साल में सारी दौलत उड़ा कर उनकी मेहनतों पर पानी फेर दिया। दो साल बाद, एक सुबह, मेरे दरवाज़े पर कर्ज़दार आ जुटे। मैं अपने दोस्तों के पास भागा ताकि थोड़ा पैसा उधार मिल सके। पर वे जिस तरह पेश आए, मैं उस रवैए के लिए तैयार नहीं था। उनमें से हरेक ने मेरे मुँह पर दरवाज़ा बंद कर दिया। मैं तो यकीन नहीं कर सका। क्या मैं ही हमेशा उन्हें हर मुसीबत से नहीं निकालता आया था? मैं बार-बार उनके दरवाज़े खटखटा कर, बाहर खड़ा इंतज़ार करता रहता पर उन्होंने मिलना छोड़ दिया था। वे मुझसे क़तराने लगे थे। एक शाम मैं उसी कहवाघर में गया, जिस जगह हम सभी खाते-पीते थे। मेरी हालत इतनी पस्त थी कि जेब में चाय पीने के भी पैसे नहीं थे। दोस्तों को वहीं बैठा देख कर बड़ी खुशी हुई, वे बगीचे में छोटे ताल के पास बैठे हुक्का गुड़गुड़ा रहे थे। आख़िरकार, वे सभी एक जगह पर मिल ही गए। मैं सीधा उनके पास जा पहुँचा। मैं पूछना चाहता था कि वे लोग मुझसे इस तरह पेश क्यों आ रहे हैं। उन्होंने मुझे देख कर भवें सिकोड़ीं और जैसे ही मैं उनके साथ बैठने लगा, वे उस जगह से खड़े हो गए। उन्होंने मुझे ऐसे दरकिनार किया जैसे मैं वहाँ था ही नहीं। उन्होंने अपने बिल भरे और बाहर निकल गए। मुझसे उनकी यह बेरुख़ी

सहन नहीं हुई। मैंने उनमें से उस दोस्त को रोक लिया जिसके घर को बचाने के लिए मैंने अपनी अम्मी की सोने की दो चूड़ियाँ चोरी की थीं।

"तुम किस तरह के इंसान हो? क्या ऐसे अपने एहसान का बदला चुकाओगे?" मै चिल्लाने लगा। मेरा दोस्त तगड़ा और लंबा-चौड़ा आदमी था। उसने मुझे धकेला और मैं नीचे गिर गया। मैं उछला फिर उस पर झपटा, मैंने उसके चेहरे पर घूँसा दे मारा। उसकी नाक से ख़ून आने लगा पर मैं वार करता गया। दूसरे दोस्त उसे बचाने आ गए। मुझे लगा कि वे सब कुछ संभालने की कोशिश करेंगे पर वे सब मिल कर मुझ पर हमला करने आ गए। मैंने उनसे लड़ना चाहा पर ऐसा नहीं कर सका। वे मुझे तब तक मारते रहे जब तक मेरी आँखें और चेहरा ख़ून से लथपथ नहीं हो गए। जब मैं होश में वापिस आया तो पूरे बदन में दर्द हो रहा था। किसी तरह दीवार का सहारा ले कर उठा और लड़खड़ाते हुए घर आ गया। मेरे अब्बू की कही बात कैसे सच होती जा रही थी। उन्होंने इतने बरस पहले ही सब देख लिया था। अब्बू की याद आते ही मेरी रूलाई उमड़ पड़ी। मेरी ही वजह से उनकी जान गई। मैं कितना बुरा इंसान था। ऐसा बेवकूफ़ जो अपने चाहने वालों का दिल दुखाता रहा और अपने दुश्मनों के घर भरता रहा। मेरे पास उन दोस्तों से लड़ने की भी ताब नहीं बची थी। अब तो एक ही चारा बचा था। अपनी ज़िल्लत से भरी ज़िंदगी को ख़त्म कर देना चाहिए। मुझे अब्बू की कही बात याद आ गई। अगर किसी दिन मन मे ख़ुदकुशी का ख़्याल आए तो मेरे कमरे की छत से लटक कर जान देना। और मैंने उन्हें ऐसा ही करने का वचन भी दिया था। मैंने गोदाम से एक मोटी रस्सी निकाली। फिर अपने पैरों के नीचे एक छोटी मेज़ लगा कर रस्सी का फंदा बना लिया। फिर उस रस्सी को कुंडे से लटकाने के बाद गले में फंदा डाल लिया और पैरों से

छोटी मेज़ खिसका दी। मैं तो यही उम्मीद कर रहा था कि फंदा मेरी गर्दन में झूल जाएगा पर कुछ अजीब ही हुआ। मैंने जिस कुंडे में रस्सी लटकाई थी, वही ज़मीन पर आ गिरा और उसके साथ ही मैं भी धड़ाम से नीचे आया। मैं अकबकाया सा खड़ा हुआ। जब ऊपर देखा तो छत में एक छिपा हुआ हिस्सा नज़र आया। मैं छोटी मेज़ पर खड़ा हुआ और खाली दिख रहे हिस्से में हाथ डाला। मेरा हाथ अंडों के आकार की धातु से टकराया। मैंने एक चीज़ बाहर खींची तो देखा कि मेरे हाथ में सोने का ठोस अंडा था। खुशी-खुशी, फिर से उस जगह हाथ डाला। उसमें ऐसे दर्जन अंडे रखे थे। मैंने उन सबको बाहर निकाल लिया। मेरे अब्बू ने पहले ही अंदाज़ा लगा लिया था कि मेरे साथ क्या हो सकता था और उन्होंने ही मेरे लिए यह सब सोचा था। शायद इस तरह वे मुझे पालने में हुई कमियों को लेकर अपनी शर्मिंदगी दुर करना चाह रहे थे। अपने लिए अब्बू का ऐसा प्यार देख कर मैं बुरी तरह से बिलख उठा। हालांकि अब उनके दिए उस ख़ज़ाने से मैं अपनी जिंदगी नए सिरे से संवार सकता था। एक नई जिंदगी शुरू कर सकता था, उन दोस्तों से बदला ले सकता था जिनकी वजह से मेरी यह हालत हुई।

जिस दिन बाज़ार लगा, तो मैं अपने साथ सोने का अंडा लिए सुनारों के पास चला गया। दुकानदार मुझे देख कर खुसर-पुसर करने लगे। कुछ मेरा मज़ाक उड़ा रहे थे तो कुछ दया दिखा रहे थे। मेरे दोस्त भी वहीं थे। वे मेरी मंशा भांपने की कोशिश में थे। मैं उनकी ओर ध्यान न देते हुए नीलामी वाले हिस्से में चला गया। मैंने एक ऊँची जगह पर खड़े हो कर, आसपास के सौदागरों को बुला लिया।

मैंने कहा, "दोस्तो, मेरे पास ठोस सोने से बना अंडा है, इतना बड़ा अंडा आपने पहले कभी देखा नहीं होगा। मैं इस अंडे की नीलामी करना चाहता हूँ। जो भी इसे लेना चाहे, वह आगे आ कर बोली लगाए।"

भीड़ ने घेरा डाल लिया। उन्हें लगा कि मेरा दिमाग खराब हो गया था। लोग दबी हँसी के साथ बातें बनाने लगे। मेरे पुराने दोस्त ठहाके लगाते हुए मेरा मज़ाक उड़ाते रहे। इस दौरान, मैंने अपने थैले से अंडा निकाला। जब मैंने उन सबको वह अंडा दिखाया तो वह सूरज की रोशनी से मेरी हथेली पर जगमग करने लगा। बाज़ार में सन्नाटा छा गया। दुकानदारों के बीच आपस में होने वाली बातचीत से अंदाज़ा लगाया जा सकता था कि वे उस अंडे को देख कर हैरान रह गए थे। जब मेरे दोस्त अपने सदमे से बाहर आए तो वे झूठी मुस्कानों के साथ आगे बढ़े, जिन्हें अब मैं अच्छी तरह पहचान गया था। अगर मेरी फटकार का डर न होता तो शायद आगे आ कर मुझे गले से भी लगा लेते। पर अब पहले वाले दिन नहीं रहे थे। मैंने उन्हें नज़रंदाज़ किया और बाकी अंडे भी निकाल कर भीड़ के सामने रख दिए। दोस्तों की फटी फटी की फटी रह गईं।

सुलतान और वज़ीर ने सुनार को सराहा और कहा कि उसने बिल्कुल सही किया।

सुनार को अचानक याद आया कि वह उनका मेज़बान था, उसने कहा, "आप लोग रात को भरपूर नींद लें।" उसने मेहमानों को उनका कमरा दिखा दिया। सुलतान और वज़ीर पिछले दिन के सफ़र से थके हुए थे, बिस्तर पर सिर टिकाते ही दोनों गहरी नींद सो गए।

अगले दिन वे ज़ल्द ही निकल पड़े। कुल मिला कर, उन्होंने पूरे दो दिन का सफ़र तय किया ... और तीसरे दिन की सुबह, वे अंधे आदमी के शहर में पहुँचे। वे सीधा उस आदमी के घर गए और इससे पहले कि वह शहर के चौराहे पर जाता, उन्होंने उसे वहीं रोक लिया। अंधा आदमी मुस्कुरा कर बोला, "मैंने तो तुम दोनों से उम्मीद ही छोड़ दी थी। मुझे तो यही लगने लगा था कि तुम कभी सुनार की कहानी नहीं जान सकोगे और अपने घर वापिस चले जाओगे।"

"क्या हम तुम्हारी कहानी जाने बिना ही घर चले जाते?" सुलतान ने कहा। फिर उसने बताया कि उन लोगों को देर क्यों हो गई थी।

"तो ठीक है, मैं वह सब कहानियाँ सुनना चाहूँगा जो तुमने सुनीं?"

"ज़रूर, क्यों नहीं," उन्होंने कहा।

जैसा अंधे आदमी ने बताया

मैं कारवाँ के क़ारोबार में था। मेरे पास अपने चालीस ऊँट थे जिनका क़ाफ़िला लोगों और माल को देश-विदेश लाने-ले जाने का काम करता था। एक शाम, किसी ने मेरी सराय के बाहर से पुकारा। मैंने दरवाज़ा खोला तो बाहर सफ़ेद दाढ़ी में एक बुज़ुर्ग दिखाए दिए।

"जी जनाब, कहिए," मैंने कहा।

"तुम ही कारवाँ के मुखिया हो?" उन्होंने पूछा

"जी मैं ही हूँ। मैं आपके लिए क्या कर सकता हूँ? "

"मुझे तुम्हें और तुम्हारे कारवाँ की ज़रूरत होगी," वे बोले।

"माल ले जाना है या लोगों को ले जाना है?" मैंने पूछा

वे अपनी दाढ़ी पर हाथ फिराते हुए, मुस्कुराती हुई निगाहों से देखते रहे। "माल।" वे बोले। "पर उस तरह का माल नहीं जैसा तुम अक्सर ले जाते हो। इस माल को लाने वाला, उससे मालामाल हो जाएगा।"

मुझे सुन कर थोड़ी सी हैरानी हुई। "कैसा माल है यह?" मैंने पूछा।

"अगर काम चाहिए तो कुछ मत पूछो। बस भरोसा रखो और मेरे कहे पर चलो," वे बोले।

मैंने उन्हें बड़े गौर से देखा। उनका चेहरा तेज से जगमगा रहा था। लिबास देख कर लगता था कि वे बहुत अमीर थे। वे कहीं से भी कोई ठग नहीं लग रहे थे।

"ठीक है," मैं मान गया, "मैं अपने आदमियों के साथ आपके काम के लिए हाज़िर हूँ।"

"नहीं, वे बोले, "मुझे साथ में तुम्हारे आदमी नहीं चाहिए, "बस तुम और तुम्हारे ऊँट चलेंगे।"

मुझे थोड़ा शक़ सा हुआ। क्या मेरे साथ कोई चाल चली जा रही थी? वे मेरी हिचक भांप गए।

"डरने की कोई बात नहीं। तुम्हें कोई नुकसान नहीं होगा। हालांकि अगर ये काम करने को मान गए तो तुम कम से दो सौ ऊँट और खरीद सकोगे।"

दो सौ ऊँट! ये तो भारी मुनाफा हुआ। पर अगर ये मुझे लूटना चाहें तो?

उन्होंने मेरे कंधे पर हाथ रखा। "मैं अपनी ओर से वादा करता हूँ। तुम सही सलामत घर लौटोगे और भारी खज़ाना तुम्हारे हाथों में होगा।"

मेरे अब्बा कहा करते थे कि व्यापार में हिम्मत बड़ी चीज़ होती है। जोखिम उठाए बिना मुनाफ़ा नहीं मिलता। बरसों-बरस काम करने पर भी इतना पैसा नहीं कमा सकता था जितनी दौलत के बारे में बताया जा रहा था। मैंने कुछ सोच कर कहा, "मुझे मंज़ूर है।" फिर मैंने कहा, "तो बात पक्की रही। हमें कब निकलना है?"

"कल सुबह दिन निकलते ही," वे बोले।

अगर मेरे बस में होता तो मैं एक दिन बाद निकलता। हमें तैयारी के लिए वक्त भी तो चाहिए था। पर उस आदमी ने दो-टूक कहा तो मैं कुछ नहीं कह सका। और जब किसी काम को करने की हामी भर दी जाए तो उसके बाद मीन-मेख निकालने से कोई फ़ायदा नहीं होता।

"तो हमारी बात पक्की। हम लोग कल सुबह कारवाँ के साथ मिलते हैं," वे बोले। फिर वे चले गए। मैं तैयार हो कर वहीं चल दिया, जहाँ सारा कारवाँ मौजूद था। मैंने अपने आदमियों को इस बारे में बताया तो वे हैरान हो गए और उनमें से कुछ बोले, "अकेले मत जाओ।" कुछ ने कहा, "क़िस्मत दरवाज़ा खटखटा रही है। इससे मुँह मत मोड़ो! " किसी तरह मैंने अपने मन को राजी कर लिया कि मैं ज़रूर जाऊँगा चाहे मेरे साथ जो भी हो। मुझे अपनी क़िस्मत का दांव खेलना था। हमने तैयारी चालू कर दी। सुबह तक बहुत सारी तैयारी करनी बाकी थी।

दिन निकलते ही बुज़ुर्गवार आ पहुँचे। वे कारवाँ को देख कर मुस्कुराए और हमें निकलने के लिए तैयार देख कर बोले, "तुम्हें चुन कर ग़लत नहीं किया।" उनके चेहरे पर सुकून झलक रहा था।

मैंने अपने आदमियों से विदा ली और हम आगे चल दिए। हमने बड़े-बड़े पहाड़ पार किए, संकरे मैदानों से निकले और दिन में सूरज की गर्मी से पिघलते रहे। हमने पूरे सात दिन और सात रातों तक सफ़र किया। आठवें दिन की सुबह हम एक पहाड़ के पास पहुँचे जो बड़ी सी लाल चट्टान का बना था।

बुज़ुर्गवार अपने ऊँट को मेरे पास ले आए और दमकती आँखों से बोले, "हम लोग आ गए।"

"क्या सच में?" मैंने हैरानी से पूछा। मुझे तो उस जगह ले जाने के लिए कोई सामान या माल नहीं दिखा।

"और क्या। ये रही वह जगह।" उन्होंने पहाड़ की ओर इशारा किया।

"हम पहाड़ ले जाने वाले हैं क्या?" मैंने उन्हें चिढ़ाया।

"नहीं।" वे बोले। इस पहाड़ में रखा सामान।"

"सामान?" मैंने उनकी बात दोहराई

"हाँ, यह पहाड़ हमारे लिए अपने दरवाज़े खोल देगा और अपना ख़ज़ाना हाज़िर करेगा।"

मैंने सनसनी भरी नज़रों से देखा। क्या वह आदमी बौरा गया था? अगर मैं एक पागल के कहने में आ कर इतनी दूर आया था तो मैं खुद को कभी माफ़ नहीं कर सकूँगा। पर उन्होंने अपने पर भरोसा दिखाते हुए ऊँट को घुटनों के बल बिठाया और नीचे उतर गए। फिर वे पहाड़ के पास जा कर कुछ बुदबुदाए। उन्होंने लाल चट्टान को तीन बार छुआ और तीन बार ज़मीन चूमी। उसी समय मैंने एक भारी झटका महसूस किया। अल्लाह! लगता है कि भूकंप आ गया। मैं घबरा गया।

मेरे ऊँटों ने भी उसे महसूस किया होगा तभी वे सब भी कुछ कदम पीछे हट गए। मैं तो अपनी सवारी से गिरते-गिरते बचा। जब मैंने खुद को संभाला और उनकी ओर मुड़ा तो मेरा मुँह खुला का खुला रह गया। उन्होंने जिस जगह को छुआ था, उसमें एक रास्ता निकल आया था। क्या वो कोई जादूगर थे? उन्होंने मेरी हैरानी को देखा और चिल्लाए, "वहीं खड़े ताकते मत रहो। अपने ऊँट से उतरो और आगे आओ! "

मैंने वही किया जो कहा गया था। वे सीधा मेरी आँखों में देखते हुए बोले, "हमारी क़िस्मत हमें सही जगह ले आई। इससे आगे का सारा ज़िम्मा तुम्हारा।"

मैं उनकी बात का मतलब नहीं समझा। "आप कहना क्या चाहते हैं?" मैंने पूछा।

जैसा कि तुम देख सकते हो, "मैं तुम्हें अपने साथ लाया और इस पहाड़ में एक रास्ता बना दिया। पर मैं इसमें अंदर नहीं जा सकता। पहाड़ ने ऐसा करने की मनाही कर दी है। मेरे अलावा कोई और दूसरा ही अंदर जा सकता है और वह 'कोई' तुम हो।"

मैं डर गया। "इसके अंदर क्या है?" मैंने पूछा।

"बहुत बड़ा ख़ज़ाना। हालांकि ..."

वे चुप हो गए। इससे पहले कि वे कुछ कहते, वे मुझे देर तक घूरते रहे

"हालांकि ...।" मैंने घबरा कर उनकी बात दोहराई।

"इस ख़ज़ाने तक जाना आसान नहीं है। यह पहाड़ निडर लोगों का साथ देता है इसलिए यह इसमें अंदर जाने वालों की परख़ करता है। अगर तुम उसकी परख़ में अव्वल आए तो तुम्हें वह ख़ज़ाना दे देगा।

"यह कैसी परख़ है?" मैंने पूछा।

"यह साहस की परख़ है। ज्यों ही तुम अंदर जाओगे, तुम्हारे आगे एक गहरी सुरंग आ जाएगी। उसमें कई तरह के प्राणी तुम्हारा इंतज़ार कर रहे होंगे। वे तुम्हें डराकर वापिस भेजना चाहेंगे। तुम्हें उनसे डरना नहीं है। वे तुम्हारा कुछ नहीं बिगाड़ सकते। बस वे तरह-तरह की आवाज़ों और शक्लों से तुम्हें डराना चाहेंगे। उनकी ओर कोई ध्यान मत देना। अपने दिमाग से मौत को और दिल से डर को निकाल कर आगे चलते जाना। अगर ज़्यादा डर लगे तो आँखें बंद कर लेना और कान ढक लेना पर आगे बढ़ते जाना। पाँच सौ मीटर के बाद, सुरंग ख़त्म होगी और तुम एक खुली जगह में पहुँचोगे। उस खुली जगह के बीच सफ़ेद कफ़न में लिपटी एक लाश होगी। उसके पास जाना। उस लाश के सिर के पास सात मोमबत्तियों को जला देना और पैरों के पास भी सात मोमबत्तियाँ जलाना। फिर अपना हाथ कफ़न के पास ले जाते हुए लाश के पेट को छूना। उसके पेट पर एक छोटा सा डिब्बा रखा होगा, उसे झट से निकाल लेना होगा। ज्यों ही डिब्बा तुम्हारे हाथ में आएगा, तुम्हारे आसपास रोशनी हो जाएगी और सारे डरावने प्राणी गायब हो जाएँगे। और पहाड़ का ख़ज़ाना तुम्हारी आँखों के आगे होगा।

मैं कोई कायर नहीं पर उनकी बात सुन कर मेरे रोंगटे खड़े हो गए। "क्या उस ख़ज़ाने को लेने का कोई और तरीका नहीं हो सकता?" मैंने थरथराते हुए पूछा

"नहीं, ऐसा नहीं हो सकता। उस जगह जाने का यही तरीका है।"

"अगर हम दोनों चल सकें?" मैंने पूछा।

उन्होंने कड़ाई से कहा। "शायद तुम्हें मेरी बात समझ नहीं आई। मैं बस दरवाज़ा ही खोल सकता हूँ। मेरे अलावा किसी और को अंदर जाना होगा और तभी पहाड़ अपना ख़ज़ाना देगा।"

"मुझे तो समझ नहीं आ रहा कि ये काम कैसे करना है, और मैं आज तक ऐसा कोई काम कभी नहीं किया।" मैंने घबरा कर कहा।

वे प्यार से बोले, "मेरा भरोसा करो, बेटा। तुम्हारे साथ कुछ बुरा नहीं होगा। कुछ ही देर में तुम्हारे हाथों में भारी ख़ज़ाना आ जाएगा।"

क्या इस दौलत को पाने में जोखिम था? अगर मेरे उस पहाड़ के अंदर जाते ही वह आदमी मेरे ऊँट ले कर भाग गया तो? अगर उसके दिमाग में यही मंशा होती तो वह अपने आदमियों के साथ मिल कर यह काम बहुत पहले आराम से कर सकता था। मैं उस पर भरोसा करना चाहता था। अगर उसकी बात में दम था तो मेरी जिंदगी बदलने वाली थी। रास्तों में आने वाले जोखिमों से जान छूट जाती। कारवाँ के बीच अचानक कहीं से भी कूद आने वाले डाकुओं से पीछा छूट जाता। वे लोग बस माल ही नहीं लूटते थे बल्कि हर उम्र के लोगों को अपनी तलवारों से मौत के घाट उतार देते। मैं खुद कई बार ऐसे मौकों पर बाल-बाल बचा था। अगर गुफा में जा पाता तो शायद मेरी जून सँवर जाती।

"ठीक है," मैंने कहा, "मैं यह काम करूँगा।"

"तुम सही फ़ैसला कर रहे हो, बेटा," वे बोले, "तुम्हें इसका पछतावा नहीं होगा। पर मैंने जो कहा, उसे भूलना नहीं। चाहे जो भी हो, तुम्हें डरना नहीं और पीछे मुड़ कर नहीं देखना।"

उनकी बातों से मुझे हौसला मिला। "तो मैं आपकी दुआओं के साथ आगे बढ़ता हूँ", मैंने गुफा की ओर जाते हुए कहा। ज्यों ही मैंने अंदर कदम

रखा, सूरज की रोशनी छिप गई और सब कुछ गहरे अंधेरे में डूब गया। लगता था मानो मैं किसी ऐसी जगह आ गया था जिस जगह भरपूर साँस भी नहीं आ सकती। मैं बड़े अटपटे ढंग से आगे बढ़ा। कानों में कहीं दूर से चिल्लाने की आवाज़ सुनाई दे रही थी। कुछ और कदम चलते ही, मेरे पैर अंधेरे के आदी होने लगे। मैंने उसी धुंधलके के बीच गुफा को ध्यान से देखा। आगे जा कर गुफा एक ओर मुड़ रही थी। मैंने कदम बढ़ाए। मैं अपना काम पूरा करके, उस जगह से ज़ल्द से ज़ल्द निकलना चाहता था। जैसे ही मैं मुड़ा, इतनी तेज़ रोशनी हो गई कि मेरी आँखें चौंधिया गईं। उस रोशनी में एक साया सा दिखा। जब मुझे समझ आया तो मेरा लहू जम गया। मेरे आगे एक ऊँट के आकार का प्रेत आ गया। वह बड़ी तेज़ी से अपनी तलवार ले कर मुझ पर झुका। मेरी टाँगें डर के मारे काँपने लगीं। मुझे याद आ गया कि बुज़ुर्गवार ने क्या कहा था और मैंने कस कर आँखें बंद कर लीं। अगर उसे एक पल के लिए भी और देखता तो शायद मुझे वापिस जाना पड़ता। मेरे आँखें बंद करते ही वह प्रेत गायब हो गया। मैंने गहरी साँस ली और इसी तरह आगे बढ़ने लगा। बस पाँच सौ कदम की दूरी ही तो थी, तब मैं गुफा के दूसरे छोर तक पहुँच जाता। मैं किसी अंधे आदमी की तरह गुफा की दीवार से चिपक कर आगे चलता गया। अभी कुछ कदम ही चला था कि किसी औरत की आवाज़ सुनाई दी जो मदद चाहती थी। वह आवाज़ इतनी मंद थी कि बड़ी मुश्क़िल से सुनाई दे रही थी। मैंने उसे अच्छी तरह देखने और जानने के लिए आँखें खोल दीं।

ज़रा सा आगे एक औरत दिखाई दी जिसके पैरों में जंजीर बँधी थी। वह अपना हाथ आगे कर गिड़गिड़ाने लगी, "मेहरबानी करके मुझे इस जगह से बाहर निकालो।" मैं उसके पास गया। उसकी हालत इतनी बदतर थी कि एक पल को तो समझ ही नहीं आया कि क्या करूँ। बुज़ुर्गवार ने उसके बारे में तो कुछ बताया ही नहीं था। क्या मुझे इसे पहले बाहर ले जाना चाहिए, फिर मैं अपना काम पूरा कर लूँ? पर नहीं। नहीं, मुझे ऐसा

नहीं करना चाहिए। पहले मुझे लाश के पेट से वह संदूक लाना होगा और फिर इस औरत की मदद की जा सकती है।

मैंने उसके पास जा कर कहा, "आप, कुछ देर यहीं मेरा इंतज़ार करें। मैं ज़ल्द आ कर आपको बचा लूँगा।"

उसने विनती सी करते हुए कहा, "मेरे पास और सहने की ताकत नहीं है, मुझे बचा लो। हो सकता है कि इसके बाद बहुत देर हो जाए।" वह बोली।

"मुझे माफ़ करें, मैं ऐसा नहीं कर सकता। थोड़ी देर इंतज़ार करना होगा, मैं ज़ल्द ही वापिस आऊँगा।" मैंने दोहराया।

"नहीं, तुम्हें अभी मेरी मदद करनी होगी," उसने अपनी बात पर ज़ोर दिया। अब उसके लहज़े में दुख के बजाए गुस्सा झलकने लगा था।

"माफ़ करें, मैं ऐसा नहीं कर सकता।" मैंने कहा।

अचानक वह औरत अपने पैरों पर उछल कर मेरी ओर लपकी। एक ही झटके में उसके हाथों के नाखून लंबे हो गए। तो यह भी मुझे रोकने की साज़िश थी। मैंने फिर से अपनी आँखें बंद कर लीं पर उसकी डरावन चीखें मेरे कानों में गूंजती रहीं। मैंने अपनी कानों में उंगलियाँ डाल लीं और वह शोर सुनाई देना बंद हो गया। मैं बंद आँखों और कानों के साथ आगे बढ़ता गया। मेरी चाल धीमी थी पर पर कम से कम भूत-प्रेतों का सामना नहीं हो रहा था। अभी सौ मीटर ही गया था कि पैरों से कुछ टकराया। मैंने पीछे हटना चाहा पर हिल नहीं सका। मुझे अपनी आँखें खोलनी ही पड़ीं। और मुझे अपने पैरों के पास बड़ा सा साँप लिपटा हुआ दिखाई दिया। मैंने अपने पैरों को छुड़ाना चाहा पर कोई फ़ायदा नहीं हुआ; साँप इतना ताकतवर था कि मैं अपना पैर भी नहीं हिला पा रहा था। मैंने अपनी आँखें बंद कर लीं पर कान ढकने से भी कुछ नहीं होने वाला था। मैं डर के मारे चिल्लाने

लगा। उस जगह जितने भी भूत-प्रेत, जिन्न और चुड़ैलें मौजूद थे, वे मेरी आवाज़ सुन कर सामने आ गए। वे मुझे घेर कर डरावने अंदाज़ में चिल्ला रहे थे। फिर मुझे कुछ और दिखाई दिया। वे लोग मुझे कोई नुकसान नहीं पहुँचा रहे थे, वे तो आसपास उड़ रहे थे। हालांकि साँप मुझे आगे नहीं जाने दे रहा था। मुझे उन सब उड़ने वाले जीवों को नज़रंदाज़ करते हुए, इस साँप से निपटना था। पर कैसे? अगर यह सब दिमागी खेल था तो उससे छुटकारा पाया जा सकता था। मैंने किसी तरह खुद को संभाला और साँप के वजूद को मानने से इंकार करने लगा। हालांकि ऐसा करना आसान नहीं था, भूत-प्रेत और जिन्न मेरे आसपास मंडराते हुए चीख-चिल्ला रहे थे। मैंने फिर से आँख और कान बंद कर लिए। मैंने खुद को दिलासा देने के लिए कहा, 'इस जगह अब कोई साँप नहीं है।' इसके फौरन बाद मुझे लगा कि अब मैं अपना पैर हिला सकता था। अब वे भूत-प्रेत और जिन्न भी नहीं डरा रहे थे। अब तो उन्हें देख कर हँसी सूझ रही थी, वे ऐसे लग रहे थे मानो वे बिना शरीर के कपड़े लटक रहे हों। मैंने तेज़ी से आगे चलना शुरू किया। वे भी मेरे साथ आगे चलने लगे। उन्होंने कई तरह की शक्लें बनाते हुए मुझे डराना चाहा पर उनकी कोई तरक़ीब काम नहीं आई क्योंकि वे मुझे डरा नहीं सके। आख़िर में, गुफ़ा ख़त्म हुई और मैं खुली जगह पर निकल आया। उसके बीच में लाश रखी थी जिसके आसपास चौदह मोमबत्तियाँ जल रही थीं, ठीक वैसे ही, जैसे उस बुज़ुर्गवार ने कहा था। मैं उसके पास पहुँचा। वह बर्फ़ जैसे सफ़ेद कफ़न में लिपटी थी। मैंने उसके सिर के पास से सात मोमबत्तियों को हटा कर पैरों के पास रख दिया और पैरों के सात मोमबत्तियों को हटा कर सिर के पास रख दिया। अब सबसे मुश्क़िल काम करना था। मैंने अपने हाथ को कफ़न के अंदर ले जा कर उसके पेट के पास खिसकाना चालू किया। मेरा हाथ ठंडी चमड़ी से टकराया। मैं काँप गया पर मैंने हिम्मत नहीं हारी। मैं क़ामयाब होने ही वाला था। जब मैं अपने

हाथ को और आगे ले गया तो छोटे से संदूक पर हाथ गया। मैंने उसे झट से बाहर खींच लिया। ज्यों ही वह मेरे हाथ में आया, वे सारे भूत-प्रेत और चुड़ैलें गायब हो गए। इतनी रोशनी हो गई मानो गुफा में सूरज निकल आया हो। मैंने अपने आसपास देखा कि रोशनी किस ओर से आ रही थी और मुझे क्या देखना चाहिए था। यह क्या! मेरे आगे सोने और कई तरह के जवाहरात का पहाड़ खड़ा था, उसमें और भी कई क़ीमती पत्थर दिखाई दे रहे थे। उस नज़ारे ने तो जैसे मेरे होश ही गुल कर दिए, मैं ठगा रह गया। तो बुज़ुर्गवार ने ठीक ही कहा था। मैंने किसी तरह खुद को संभाला और वापसी की राह ली। बुज़ुर्गवार गुफा के बाहर मेरा इंतज़ार कर रहे थे और सब जानने को बेताब थे। मैंने ज्यों ही उन्हें देखा, मैं मारे खुशी के चिल्लाया, "मैंने कर दिखाया। मुझे संदूक मिल गया।"

वे बड़े ही शांत लहज़े में बोले, "बहुत अच्छा, बेटे। तुमने कर दिखाया। लाओ, अब यह संदूक इधर दे दो। अंदर रखा ख़ज़ाना ऊँटों पर लाद दो।"

मैंने उन्हें संदूक दे दिया और बोरियाँ लेकर अंदर की ओर भागा।

सारा ख़ज़ाना बोरियों में भर कर लादने में घंटों लगे। जब हमने चालीस ऊँटों पर माल लाद लिया, तो भी बहुत सारा ख़ज़ाना अंदर बच गया था पर हम अपने साथ और नहीं ले जा सकते थे।

बुज़ुर्गवार मेरे पास आ कर बड़े ही प्यार से मुस्कुराए, "यह बहुत है।" वे बोले। चलो, कारवाँ जमा करो। हम वापिस चल रहे हैं।"

जब मैं कारवाँ तैयार कर रहा था तो वे लाल चट्टान के पास गए। उन्होंने मन में कुछ बुदबुदाया, चट्टान को तीन बार चूमा और फिर ज़मीन को तीन बार चूमा। वह रास्ता तेज़ गड़गड़ाहट के साथ बंद हो गया, जैसे वह खुला था।

हम अपने कारवाँ के साथ चल दिए। मैं सबसे आगे वाले ऊँट पर बैठा और बाकी सारे ऊँटों की लगाम थाम ली, जिससे वे सारे बँधे हुए थे। बुज़ुर्गवार भी अपने ऊँट पर झूमते हुए चल रहे थे। देखते ही देखते हम उस गुफा से बहुत दूर आ गए। मैं अपने ऊँट को ले कर उनकी ओर बढ़ा। हमने काम तो पूरा कर लिया था पर अभी तक यह तय नहीं हो पाया था कि मेरा हिस्सा क्या होने वाला था। सच कहूँ तो मैं भी नहीं जानता था कि मुझे कितना सोना माँगना चाहिए था। क्या एक ऊँट पर लदा माल लेना ठीक रहेगा? या फिर मुझे इतना लालच नहीं करना चाहिए? अगर एक ऊँट पर लदा आधा माल भी मिल जाता तो मेरी सात पुश्तें घर बैठे मज़े से जी सकती थीं। उनकी ओर बढ़ते हुए मन में यही सब घूम रहा था।

वे मेरा चेहरा देखते ही मेरे मन की बात जान गए। "तुम अपना हिस्सा चाहते हो, है न?" उन्होंने पूछा। आँखों में समझदारी से भरी चमक झलक रही थी।

"जी। मैंने कहा। मैंने वही किया जो आपने कहा था। आप मुझे क्या देंगे?"

"तुम्हें वही मिलेगा, जिसके तुम हक़दार हो। बताओ, क्या चाहते हो?"

यह बातचीत सुन कर सुकून मिला पर मैं अभी भी तय नहीं कर पाया था कि मुझे क्या माँगना चाहिए। मेरा साथी मेरी हिचक भांप गया और बोला, "क्या एक ऊँट का माल बहुत होगा?"

मुझे तो एक ऊँट पर लदे ख़ज़ाने के आधे से भी सब्र आ जाता। "बेशक़, यह बहुत है। अल्लाह आप पर मेहरबान रहे।"

"ठीक है, अपने लिए ऊँट चुन लो। उस पर रखा सारा ख़ज़ाना तुम्हारा होगा।"

मैं तो ख़ुशी से पगला गया। पर उस हाल में भी चालाकी नहीं छोड़ी। मैंने सबसे बड़े ऊँट की ओर इशारा किया।

"ले लो, यह सोना तुम्हारा हुआ। यह सोना तुम्हारी जिंदगी में ख़ुशी लाये।"

अब मैं दौलतमंद हो गया था। मैं शहर वापिस जाते ही, अपने सारे ऊँट बेच कर अपने लिए एक बड़ा सा आलीशान बंगला बनवाने वाला था। बीते बरसों में जिस शानो-शौकत के लिए तरसता रहा, अब वही मेरे कदमों में होगी। आराम करने के पहले पड़ाव तक मैं बड़े ही मज़े से अपने ऊँट पर झूमते हुए सपने देख रहा था, हर सपना पिछले सपने से ज़्यादा हसीन था।

हमने एक छोटे से नाले के पास मोटे तने वाले अंजीर के पेड़ के नीचे आराम करने की सोची। जब मैं अपने ऊँट से उतरा तो अपने ख़ज़ाने पर नज़र गई। वह कितना भरपूर लग रहा था!

"यह सब मेरा है," मैं धीरे से बोला।

बुज़ुर्गवार ने मुझे खुद से बातें करते देख लिया था, उनके चेहरे पर शरारत भरी मुस्कान खेल रही थी। और तभी यह हुआ। उनकी इस मुस्कान से मेरे अहं को ठेस लगी। ऐसा लगा कि वे मुझे नीचा दिखा रहे हों। बेशक़ यह उनका ह़क बनता था। हालांकि जो मुझे मिला, मैं उससे ही सातवें आसमान पर था, जबकि वे उनतालीस ऊँट लेने के बाद भी कितने शांत थे। मैंने उन्हें थोड़ी नफ़रत से देखा। वे यह नहीं देख सके क्योंकि मेरी ओर उनकी पीठ थी। हम अपने ऊँटों से उतर कर पानी पी कर तरोताज़ा हुए। फिर हमने अपना खाने का सामान निकाला और भरपेट खाया, वे उनींदे लग रहे थे। उन्हें बार-बार जंभाई आने लगी।

"मैं एक झपकी ले लूँ, फिर आगे चलेंगे," वे बोले।

"ठीक है।" मैं मान गया। हालांकि अंदर ही अंदर मैं उबल रहा था। मानो मैं उनका गुलाम था। वे सोएँगे और मै किसी गुलाम की तरह बैठा मालिक की नींद खुलने का इंतज़ार करूँगा। मैं झटके से उठा और ऊँटों के खाने-पीने का इंतज़ाम करने लगा। तभी मेरी नज़र अपने हिस्से पर गई, मेरा हिस्सा दूसरे उनतालीस ऊँटों के मुक़ाबले कितना कम था। मैंने ही तो अपनी जान मुसीबत में डाली थी। उन्होंने तो गुफा का मुँह ही खोला था। वहीं दूसरी ओर, मैंने खुद को ख़तरे में डाला। मैं पागल हो सकता था, मेरी जान जा सकती थी। मैं मन ही मन इस बात के लिए खुद को राजी कर रहा था कि मुझे सोने से लदा एक और ऊँट माँग लेना चाहिए। मेरा हिस्सा इससे बड़ा होना चाहिए। जब मैंने ऊँटों को खाना दे दिया तो मैं बुज़ुर्गवार के पास गया। वे किसी मासूम बच्चे की तरह सो रहे थे। मैं उनके पास चौकड़ी लगाए बैठ गया और उनके जागने का इंतज़ार करने लगा। वे कुछ देर बाद उठे। जब उन्होंने मुझे अपने पास बैठे देखा, तो वे मुस्कुराए।

"क्या मैं ज़्यादा देर तक सोता रहा?"

"नहीं, बहुत देर नहीं सोये।" मैंने कहा।

"तुम ठीक नहीं लग रहे? क्या हुआ?" उन्होंने पूछा।

"आपने मुझे धोखा दिया। और क्या?" मैंने बोला।

"धोखा दिया?" वे अचानक सकते में आ गए।

"पता है, आपने मुझे धोखा दिया है। मेरे लिए सोने से लदे चालीस ऊँटों में से बस एक ऊँट?"

वे हमदर्दी से मुस्कुराए। "ओह प्यारे! तुम्हें ऐसा लगता है?" वे बोले मानो मैंने कोई प्यार भरी शरारत की हो, "ठीक है तो, फिर कितना चाहते हो?"

असल में मुझे नहीं पता था कि मैं क्या चाहता था पर मेरे मुँह से अपने-आप ही शब्द निकलने लगे।

"सोने से लदे दस ऊँट," मैं झट से बोला।

"ऐसे ही होगा, बेटा।" वे बोले। तुम्हारे पास सोने से लदे दस ऊँट होंगे। अपने ऊँट चुन लो।"

एक बार फिर, मैंने अपने लिए सबसे ज़्यादा सोने से लदे ऊँट चुने। मेरा गुस्सा थोड़ा ठंडा हुआ। मैंने खुद से कहा, 'अब हुआ इंसाफ़!'

हम फिर से आगे चल दिए। पर जब तक हम शाम को आराम करने रुके, मेरे दिमाग में एक और बात घूमने लगी थी।

बुज़ुर्गवार मुझसे इस बात के लिए उलझे क्यों नहीं? उन्होंने बिना किसी ना-नुकूर के और सोना देने के लिए हामी क्यों भरी? मुझे नतीजे तक आने में देर नहीं लगी। शायद अभी भी मुझे मेरा पूरा हक़ नहीं मिला था। अगले दो दिन के दौरान, मैं अपने साथ होने वाली नाइंसाफ़ी के बारे में ही सोचता रहा। तीसरे दिन के आख़िर में, इससे पहले कि हम रात के पड़ाव पर पहुँचते, मुझे रहा नहीं गया और मैं अपना ऊँट ले कर उनके पास चला गया।

"इधर देखिए, जनाब।" मैंने कहा।

उन्होंने मुड़ कर मुझे देखा। उनके चेहरे पर ऐसा ग़म दिखाई दिया जो गुफा से निकलने के बाद नहीं दिखा था।

"बोलो, बेटा," उन्होंने कहा।

"मेरे लिए सोने से लदे दस ऊँट बहुत कम हैं," मैंने कहा।

इस बार उनके चेहरे पर मुस्कान नहीं थी। उन्होंने बस हामी भरी।

"तुम कितना चाहते हो?" उन्होंने पूछा।

"मुझे आधा ख़ज़ाना चाहिए।"

"तो ठीक है, आधा ख़ज़ाना तुम्हारा हुआ।" वे बोले।

अगर वे इतनी आसानी से न मानते तो मेरी हवस भी घट गई होती। उन्होंने आसानी से हथियार डाले, क्या इसी से साबित नहीं होता था कि मैं ठीक था? मैंने अपने ख़ज़ाने में सोने से लदे दस ऊँट और शामिल कर लिए। पर जैसा कि आप अंदाज़ा लगा सकते हैं, मेरी भूख तब भी नहीं मिटी थी। हमारे सफ़र के पाँचवें दिन, मैं अपने ऊँट को उनके पास ले गया। वे मुझे अपनी ओर आते देख जान गए कि मैं क्या चाहता था।

"अब भी बहुत नहीं हैं, है न?" वे बोले।

"सवाल यह नहीं है कि ये हिस्सा बहुत है या नहीं?" मैंने पलट कर कहा, "आपके पास सोने से लदे बीस ऊँट ही नहीं बल्कि वह संदूक भी है। कौन जाने उसमें ऐसा क्या छिपा है कि आप इतनी आसानी से मुझे बाकी सोना देने की हामी भरते जा रहे हैं।"

"अब तुम क्या चाहते हो?"

"मुझे तो सारे ऊँटों पर लदा सोना चाहिए। आप वह संदूक रखो। मैंने ही तो सारे भूत-प्रेत और जिन्नों का सामना किया था तो सारे ख़ज़ाने पर मेरा ही हक़ होना चाहिए न? मैंने ही तो लाश के पेट से संदूक निकाला? तो ख़ज़ाने का असली हक़दार कौन हुआ?"

"तुम सारा सोना ले लो, बेटा। पर लालच की इस भूख का कहीं अंत नहीं है। अपने पर क़ाबू रखो।" उन्होंने फटकारा।

मैं भांप गया कि मैंने उन्हें डरा दिया था, अब मेरा हौसला और बढ़ गया। पर उनकी बात में भी दम था। छठे दिन, मुझे फिर से लगने लगा कि मेरे साथ धोखा किया गया।

बुज़ुर्गवार ने सारा सोना मुझे देने में पलक झपकने की भी देर नहीं की, कौन जाने उनके संदूक में ऐसा क्या छिपा था?

छठी रात, मैं उसी संदूक के बारे में सोच-सोच कर करवटें बदलता रहा और सो नहीं सका। अगली सुबह उठते ही मैंने उनका गिरेबान से पकड़ लिया।

"अभी बताओ कि इस संदूक में क्या है?"

"कैसे लालची इंसान हो तुम। यह ख़ज़ाना तुम्हें दुनिया का सबसे दौलतमंद आदमी बना सकता है। इसके अलावा और क्या चाहते हो?" उन्होंने फटकारा। पर मैं इतनी आसानी से टलने वाला नहीं था।

"अपनी सीख अपने पास रखो और किसी दूसरे को उल्लू बनाना। अब बताओ, इस संदूक में क्या है?"

बुज़ुर्गवार भांप गए कि मेरे मन में खोट आ गया है और अगर वे मुझे सच नहीं बताएँगे तो मैं उनका गला भी दबा सकता हूँ।

"छोड़ो मुझे। अभी बताता हूँ।" वे चिल्लाए।

मैंने उन्हें छोड़ दिया। उन्होंने गहरी साँस ली और फिर मुझे नाराज़गी से देखते हुए संदूक खोल दिया। उसमें तो हरे रंग के चूरन के सिवा कुछ नहीं था। मेरा चेहरा स्याह पड़ गया। उन्होंने अपने दाएँ हाथ की तर्जनी उस चूरन में डुबोई।

"अगर तुम इसे अपनी बांइं आँख में डालोगे तो धरती के नीचे और पर्वतों के अंदर भी देख सकोगे, जैसे वे हैं। इस तरह तुमसे कोई ख़ज़ाना छिपा नहीं रहेगा।" वे बोले।

"तो ये राज़ है।" मैं खुशी से बुदबुदाया।

उन्होंने वह चूरन मेरी बाईं आँख में लगा दिया। पहले तो आँखें चौंधिया गईं। बस सभी मिले-जुले रंग दिखाई दे रहे थे। फिर सब कुछ साफ़ दिखने लगा, रंग भी अच्छी तरह दिख रहे थे। और मैं हैरान हो गया कि मैं धरती के नीचे और चट्टान के अंदर भी देख सकता था।

"तुमने ठीक कहा था, मैं बोला। "मेरी आँखों के आगे से पर्दा हट गया। अब मैं ज़मीन के नीचे भी देख सकता हूँ।"

"अच्छी बात है, अब चलो। हमारा एक दिन का सफ़र रह गया है।"

"नहीं, हम कहीं नहीं जाने वाले। पहले मुझे यह संदूक दो।"

उन्होंने भागना चाहा पर मेरी मज़बूत टाँगों के आगे उनकी एक न चली। मैंने जबरन उनके हाथ से वह छोटा संदूक छीन लिया। वे वहीं ज़मीन पर गिर पड़े, मैंने संदूक खोला। जब मैंने हरा चूरन बाईं आँख में लगाया तो ज़मीन के नीचे दिखने लगा। मैं जानना चाहता था कि दाईं आँख में उस चूरन को लगाने से क्या होगा। तभी वे बोले, "तुम ग़लती कर रहे हो। अपना नुकसान कर लोगे।"

मैंने एक नहीं सुनी, मुझे लगा कि वे मुझे फिर से ठगना चाह रहे थे। मैंने उँगली पर लगा चूरन दाईं आँख में भी लगा लिया। अचानक सब कुछ अंधेरा हो गया। मुझे लगा कि अंधेरा अभी दूर होगा और साफ-साफ दिखने लगेगा पर आसपास अंधेरा ही छाया रहा। पल मिनटों में बदल गए पर मेरी आँखों के आगे छाया काला पर्दा नहीं हटा।

"मेहरबानी करके मेरी मदद करो।" मैंने अपनी अँधी आँखों से बूढ़े को खोजने की कोशिश करते हुए हाथ जोड़े। वे आगे आए और मेरा हाथ पकड़ लिया।

"अब बहुत देर हो चुकी है," वे बोले, "तुम हमेशा के लिए अँधे हो चुके हो।"

"तुम्हें मेरी मदद करनी होगी। मैं तुम्हें सारा सोना वापिस करने को तैयार हूँ," मैंने कहा।

"तुम्हारी मदद कोई नहीं कर सकता। तुमने मेरे साथ जो भी किया, मेरा यकीन करो, उसके बावजूद मैं अपनी ओर से तुम्हारी खोई हुई आँखें वापिस लाने में कोई कसर न रखता। पर अब इतना ही कर सकता हूँ कि तुम्हें तुम्हारे घर छोड़ दूँ।"

मैं वहीं ज़मीन पर गिर कर रोने लगा। उन्होंने मेरा साथ नहीं छोड़ा और मुझे शांत करने की कोशिश की। फिर मुझे ऊँट पर बिठा कर, मेरे घर ले गए।

"मैं सारा सोना यहीं छोड़े जा रहा हूँ," वे बोले, "फिर वे अपना संदूक ले कर चले गए। मैं सोने से लदे चालीस ऊँटों के साथ उस जगह अकेला रह गया।"

और उसी दिन से, मैं हर सुबह शहर के चौराहे पर बैठ जाता हूँ और जैसे-जैसे मेरी गर्दन पर धौल पड़ती जाती हैं, मैं सोना बाँटते-बाँटते कहता हूँ, अब हुआ इंसाफ़!

जब अंधे आदमी ने बोलना बंद किया, तब तक सुलतान को सारी बात समझ आ गई थी, उसने कहा, "पर तुम्हें अपनी ग़लती का एहसास हो गया है। तुम अपने इन ज़ुल्मों का अंत क्यों नहीं कर देते?

"सच है। जैसे ही अपनी ग़लती की वजह से मैं अंधा हुआ, यह बात तो तभी समझ ही आ गई थी और मैं यह भी जानता था कि अपनी वापसी की कोई राह नहीं पर इससे मेरे उस लालच से छुटकारा नहीं मिलता जिसने मुझे पागल बना दिया था।

जब कहने को कुछ नहीं बचा तो सबको नींद आने लगी। उस रात सुलतान और वज़ीर उसी आदमी के घर में रहे। "कुछ और दिन तक मेरे मेहमान बन कर यहीं रहें," उसने अगली सुबह सुलतान और वज़ीर से इसरार किया।

"हमारे काम अभी पूरे नहीं हुए। हमें टोपी बनाने वाले को वे सारे क़िस्से सुनाने हैं जो हमें पता चले हैं।" सुलतान ने कहा।

वे लोग अगली सुबह ही रवाना हो गए। वे अभी शहर से निकले ही थे कि वज़ीर ने कहा, "बादशाह सलामत, आपको दोबारा इतनी तकलीफ़ उठाने की ज़रूरत नहीं है। मैं टोपी बनाने वाले के पास जा कर हमारा वादा पूरा कर सकता हूँ।"

सुलतान ने वज़ीर को बड़े ही लगाव से देख कर कहा, "तुम बहुत ही चालाक इंसान हो। तुम जानते थे कि मेरे जैसे बेवकूफ़ सुलतान को सबक़ कैसे सिखाया जा सकता है। उस टोपी वाले के पास न तो तुम जाओगे और न ही मैं जाऊँगा। हमने जितने भी लोगों के क़िस्से सुने, उन्हें महल में बुला लेंगे। मैं उन सबको अपना सलाहकार बना दूँगा।"

वज़ीर को कानों सुनी बात पर यकीन नहीं आया, उसने मुड़ कर सुलतान को उलझन से देखा।

"तुमने सही सुना है। मैं उन्हें अपना सलाहकार बना दूँगा। हम इंसानों की याददाश्त बहुत कमज़ोर होती है। मुझे डर है कि हमने जो भी सीखा, हम उसे भुला देंगे और वही भूलें करेंगे जो इस सफ़र के दौरान सुनी गई

कहानियों में देखी। इसलिए मुझे लगता है कि मेरे पास ऐसे सलाहकार होने चाहिए जो मुझे भटकने से रोकें दें।"

वज़ीर पूरे दिल से सुलतान की बात से सहमत था। वे दोनों वापिस महल की ओर चल दिए। वे एक दिन और एक रात चलने के बाद, अगली सुबह महल पहुँच गए। महल में लोगों ने अपने बादशाह का भरपूर स्वागत किया। उस रात उनकी वापसी का आलीशान जश्न मनाया गया। सुलतान और वज़ीर ने सबके साथ का लुत्फ़ लिया।

अगले ही दिन सुलतान ने अपने दरबार से सारे चापलूसों को विदा देने के बाद, पाँच हरकारों को पाँच लोगों के नाम बादशाह का हुक़्मनामा दे कर रवाना कर दिया गया। हरकारे उसी समय अंधे आदमी, लुहार, सुनार, मुअज्ज़िन और टोपी वाले के शहरों की ओर निकल पड़े। जब वे सभी दरबार में पहुँचे तो सुलतान ने उन्हें पास बुला कर कहा, "मैंने आप लोगों की कहानियों से बहुत कुछ सीखा। वे सब मेरे लिए अनमोल सबक़ हैं पर मुझे डर है कि कहीं मैं उन्हें भूल गया तो तुम लोगों जैसी ग़लतियाँ न कर बैठूँ। वैसे भी, मैं अकेला ही उन ग़लतियों की सज़ा नहीं भुगतूँगा, मेरे पूरे देश को उसकी क़ीमत अदा करनी होगी। इसलिए मैं चाहता हूँ कि आप मेरे सलाहकार बन कर यहीं रहें।"

वे सब सुलतान की बातें सुन कर दंग रह गए। अंधा आदमी सिर झुका कर आदाब करके बोला, "हम जैसे अदने लोग इतने बड़े बादशाह के किस काम आ सकते हैं?"

सुलतान ने कहा, "चाहे तुम सुलतान हो या कोई गरीब किसान, इंसानी बर्ताव कभी नहीं बदलते। इन बर्तावों के साथ तुम्हारे तज़ुर्बे बहुत अच्छी मिसाल हैं। जैसे तुमने अपने लालच से अपनी आँखें गवाँ दीं; लुहार ने एक ख़ास मौका गवाँ दिया, क्योंकि उसने अपना खाना नहीं बाँटा; सुनार

को अपना पैसा लुटाने की भारी क़ीमत अदा करनी पड़ी; अजान देने वाले मुअज्ज़िन को अपनी बेसब्री की वजह से उस औरत से दूर होना पड़ा जो उसे चाहती थी; टोपी वाला अपनी जलन की वजह से अपनी बीवी और बेटे की मौत की वजह बना। तुम सब आदमज़ात से होने वाली ग़लतियों की जीती-जागती मिसाल हो। मैं चाहता हूँ कि तुम सब मेरे आसपास रहते हुए मुझे रास्ता दिखाओ।"

सभी मेहमानों ने सुलतान की पेशकश को ध्यान से सुना। थोड़ा गौर करने के बाद उन्हें पता चला कि वह पेशकश उन्हें उनकी पुरानी जिंदगियों के बुरे सपने से बाहर ला सकती थी। उन्होंने अपने दुखों से छुटकारा पाने के लिए दूसरों की मदद करने का सपना देखा था और उन्होंने इस पेशकश के लिए हामी भर दी।

उसी दिन से, सुलतान के मुल्क में पूरा इंसाफ़ होने लगा। एक ऐसा मुल्क जिसमें ऐसा कोई कानून नहीं था जिसमें प्यार, मान और फ़ैसले के लिए जगह न हो। जेलें बंद कर दी गईं और सारे कैदियों को रिहा कर दिया गया। ज़मीन से आसमान तक सब कुछ भरा-पूरा था बसंत के मौसम में ऐसे सुहावने फूल खिले जिनकी खुशबू दूर-दूर तक जाती थी, ऐसे रंग पहले कभी नहीं देखे थे; गर्मियों के सूरज ने अपनी गर्मी से उपज के स्वाद को कई गुना कर दिया और सर्दियों की बर्फ़ में कुदरत की दरियादिली छिपी थी जो खुद को आने वाले बसंत के लिए तैयार कर रही थी।

लोग रोज़ सुबह उठते ही उस भरपूर नज़ारे को देखते और वे सब खुशहाल जिंदगी जीने लगे। और अब वे सुलतान को पहले से कहीं ज़्यादा प्यार और इज्ज़त देने लगे थे।